ベニシアと正3
京都大原・二人の愛と夢の記録

梶山 正
ベニシア・スタンリー・スミス

●

庭が美しいのは、ハーブのおかげ。
いつも彼らに感謝しています。
庭づくりは焦ってはだめ。待つ気持ちも育まなければ。
人間と同じ。ハーブも使ってほしい、役に立ちたいのよ。
庭は私にとって趣味じゃない。
たぶん、自分で選びとったライフスタイルなんだと思うな。

まえがき

1９７１年4月中旬の朝、20歳のベニシアは東京新宿にある名曲喫茶・風月堂に辿り着いた。「日本のグリニッジ・ヴィレッジ」と言われていた若者文化の聖地と言われた所である。

「日本に行くなら風月堂を目ざせ」とインド・ガンジス川上流の聖地ハリドワールで、ベニシアは西洋人ヒッピーから聞いた。「きっと私には恵みがあるに違いない」と信じて、彼女は日本を目ざした。

ベトナム戦争兵役を逃れてきたアメリカ人青年から、コルカタで香港行きの航空券をもらった。香港では友人の知人である、名前だけを聞いたアメリカ人のビジネスマンを訪ねた。おそらく、その人はヒッピーに関わりたくなかったのだろう。鹿児島行きの船の切符を買ってくれた。台湾に着くと船が出るのは4日後と聞いてベニシアはびっくり。どうしようかと迷っていると、台湾人ビジネスマンの英語をチェックするバイトが、偶然にも舞い込んだ。おかげで台湾での滞在費を作ることができた。

沖縄を経て、鹿児島港に着いたときには５００円くらいしか残っていなかった。鹿児島港近くでトラックをヒッチハイクしたら大阪で降ろされた。ベニシアはそこが日本のどこなのか知らない。仕方がないので、彼女は交番に入った。

「トーキョー?」

「トーキョウ、アッチ、アッチ。シンカンセン、シンカンセン」

「シンカンセン?　I have no money.」するとポリスはベニシアをパトカーの後部座席に乗るように指図した。「ああ、やっと憧れの国に来たというのに。私はここで牢屋に入れられる……」と思った。

少しの間、パトカーから離れたポリスは戻ってくるなり、笑みを浮かべて大きな声で言った。

「トーキョー、ＯＫ!」

わざわざ彼は高速道路入口まで行き、ヒッチハイクできるトラックを探してくれたのであった。

「この国の人々はなんて親切なんでしょう」とベニシアは嬉しくなった。そんな人々との出会いが続き、ベニシアは72歳で天国へ旅立つまで、ずっとこの国で暮らすことになる。

１９７８年、ベニシアは京大の近くで英会話教室を始めた。一方、20歳の僕は日本料理屋に住み込みで働き始めたが、オーナーと喧嘩してそこを飛び出した。行くところがないので、友人の部屋に１ヶ月間ほど転がり込んだ。その家の20ｍほど離れた並びの家には、イギリス人女性と日本人の夫と３人の子どもが住んでいた。そのイギリス人がベニシアだった。僕はそのエキゾチックな女性が何となく気になったが、僕よりずっと年上の既婚者だし、彼女に話かける勇気はなかった。

その14年後の１９９２年まで、ベニシアと僕は互いに顔だけは長く知ってはいたが、別々の人生を歩んでいた。それが、あるときから違う目で相手を見るようになった。やがて僕たちは結婚して息子の悠仁が生まれ、１９９６年に大原の古民家へ引っ越すことになった。

それからのことは、「チルチンびと」の連載記事に記している。「チルチンびと」２０１０年11月号（63号）から２０１７年秋号（93号）は、「京都大原の山里に暮らし始めて」を31回連載。そして、しばらく休んだものの、２０２１年冬号（１０６号）から２０２３年秋号（１１７号）は、「ベニシアと正、明日を見つめて」を12回連載。そのほか２つの連載以外の記事を合わせると全部で45回、大原での暮らしの様子を記事に綴った。

はじめの「京都大原の山里に暮らし始めて」では、自分たちで改築しながら古民家で暮らす様子を綴った。ハーブ・ガーデンに熱心に取り組むベニシアは、そのうち「ベニシアのハーブ便り」を上梓してハーブ研究家への道を歩んでいく。またＮＨＫテレビ「猫のしっぽカエルの手」に出演するようになった。僕は料理人から、写真家に転業して、文章も書き始めた。僕たち二人が夢と希望を抱いて、前に進もうと努力した時期だったと思う。

そんな日々は長く続かなかった。ベニシアは２０１８年にＰＣＡという病気と診断された。目が見えなくなり認知症が進む、治療法がない脳の病気である。連載後期の「ベニシアと正、明日を見つめて」では、病気を抱えて生き抜く彼女の姿を綴った。常にポジティブに生き続けたベニシアと、共に歩む僕たちの暮らしである。そんな大原の古民家暮らしの様子を知っていただきたく、ここに上梓した。

梶山 正

目次

＊本書は、季刊『チルチンびと』に連載されたエッセイをまとめたものです。
初出誌は、目次でご確認ください。

ベニシアと正、明日を見つめて

家を取り囲む木々や花々は、道から家が垣間見えるように、ところどころ窓のように隙間を開けて植えてある。写真は北東の方角から見た外観。軒下にあるのは、手づくりの育苗箱。

特集
草花の咲く家 4

京都府京都市・ベニシア・スタンリー・スミス邸

民家を繕い ハーブを育む 大原の暮らし

里山の古民家を包みこむ、六つのテーマを持たせたハーブの庭。家の改修も庭づくりも、自分の手でじっくりと。それが、ハーブ研究家、ベニシア・スタンリー・スミスさんの生き方だ。

写真✤梶山 正

玄関土間からポーチを眺める。麻の暖簾を透かして田園風景が見える。

「庭が美しいのはハーブのおかげ。
いつも彼らに感謝しています」

梅雨入り前、風通しをよくするために、雑草や枯れたハーブを取り除く。ベニシアさんはハーブについて、故郷イギリスの古い文献や、アメリカの先住民族の伝承から学んでいる。ハーブを摘むときは先住民の作法にならい、ハーブに感謝の言葉をかけているそうだ。

「庭づくりは焦ってはだめ。
待つ気持ちも育まなければ」

家の裏手にある、スペインのパティオ（中庭）をイメージしたスペニッシュガーデンは、鮮やかな花々が彩る。中央に見えるのは井戸。側面には、割れてしまった磁器などのかけらをベニシアさんが張った。

スパニッシュガーデンを望む絶好の位置にあるゲストルーム。この部屋は近年になって増築された部分で、床もコンパネと簡素なつくりだが、ベニシアさんは家具や小物をうまくしつらえて居心地のよい空間にしている。廊下側のベニヤの腰壁にはウィリアム・モリスの壁紙を張った。

和室の縁側越しの眺め。和室から眺める位置にある庭は、この家にもともとあったツツジやモミジなどの庭木を生かし、和風の趣とした。中央に咲くジギタリスなど、洋風の花々と混じりあった不思議な雰囲気は、室内のインテリアにも通ずるところがある。

ダイニング。テーブルや椅子など、家具のほとんどはリサイクル品を上手に活用したもの。軒先に干してあるのはコリアンダーで、これは梶山さんが経営するインド料理店のスパイスになる。

「そんな家賃で見つかるわけがない」そう不動産業者に呆れられながら京都市内で借家を探し歩き、100軒は見て回っただろうか。ベニシアさんと、夫で写真家の梶山正さんは、ここ大原の里で築100年の民家とめぐりあう。空家となっていた家はひどく傷んではいたけれど、木の温かみと、何かわくわくさせる空気をまとっていた。二人がこの家を買って移り住み、12年になる。

お金はなかったから、必要な改修のほとんどは住まいながら家族の手でまかなってきた。まずは、暗く寒い土間にお竈《くど》さんが据えられた炊事場を撤去。田の字型になった座敷の二間をフローリング敷きにし、そこに暖かなダイニングキッチンをつくる。少しずつ電動工具を買い揃え、元炊事場の土間はいつしか作業場に。傷んだ土台や柱に新材を継いだり、土壁の一部をすっぽり抜いて窓枠を取り付けたりと、セルフ改修した部分は枚挙にいとまがない。

それにしても、そんな改修の技術や知識はどこから得たのだろう？そう尋ねると、梶山さんとベニシアさんは顔を見合わせた。「技術なんてないよ」と梶山さん。「気持ちが

右2点／ベニシアさん流にしつらえられたお手洗い。アロマポットを焚き、小さな手あぶり火鉢をゴミ箱にしている。格子窓が切り取る、フォレストガーデンの緑。
左／廊下の突き当たりにあるお手洗いには水道がなく、代わりに昔ながらの手水鉢を使っている。

あれば、できるんじゃないかな」

庭のハーブを生活に生かし切る

気持ちがあれば、できる。それはどうやら庭づくりにも言えるようだ。ここに越して来て1年目、ベニシアさんは玄関前の日当たりがよく水はけのよい一角を耕し、地中海沿岸のハーブと草花の庭につくり変えた。それから毎年1エリアずつ、家の周囲をぐるっと取り囲むように六つの個性ある庭をつくっていく（詳細は12頁）。もともとの庭は固く苔むした土で覆われていて、そこから石を取り除くだけで2カ月、さらに排水パイプを埋め込んだり土を入れたりと、土台づくりの作業はちょっとした「開墾」並みのハードなもの。梶山さんが手を貸してくれた。

「庭がほしいという人には、待てないとあかん、焦ってはあかんって言うの」とベニシアさん。庭づくりは、まず土づくりから。安易に化学肥料を使いたくないと、生ゴミや落ち葉、間引いたハーブで堆肥をつくり、秋になると庭に敷き詰める。

　ベニシアさんにとって「ハーブ」とは、暮らしの中で使い道がある植物全般を意味する。だから、ワラビもハコベもウメも、立派な日本のハーブなのだ。「日本人は外国のハーブしか使わないから、日本のハーブはすねてるんとちゃう?」。あるとき登山後に麓の温泉でヨモギ風呂に浸かったベニシアさんは、疲れがすっかり取れたことに驚き、我が家でも試そうとその配合を教えてもらう。すると不思議なことに、庭の一角にそれまでなかったヨモギが生えてきた。「人間と同じ。ハーブも使ってほしい、役立ちたいのよ」

　たとえば、殺菌効果のあるローズマリーの煎じ液で純粋石けんを溶いた食器用石けん水。ハーブというと料理やお茶に使うイメージが強いけれど、ベニシアさんは洗剤や化粧品にも庭のハーブを余すことなく生かす。それは、家から流れ出る生活排水が用水路に注ぎ、やがては鴨川に注ぐことを知って始めたことだ。

「ここで暮らし始める前は、そんなことは何も考えていなかった。でも、わかっていて悪いことはできないでしょ」とベニシアさんは笑う。「庭は私にとって趣味じゃない。たぶん、自分で選びとったライフスタイルなんだと思うな」

上／京都・唐長の唐紙で仕上げた和室の襖。下／ゲストルームの腰壁に張ったウィリアム・モリスの壁紙。唐長の図案を初めて見たとき、ベニシアさんは「モリスに似ている」と心惹かれたそうだが、モリスは唐紙に影響を受けたという説もある。

解題

【ベニシア・スタンリー・スミス邸】六つの庭のハーブたち

「私にとってのハーブとは、生活の中で使い道がある植物すべて」とベニシアさんは話す。六つの庭を彩るたくさんのハーブの中から、初心者にも扱いやすい種類に絞り、ベニシアさん流の生かし方を教えてもらった。

解説✤ベニシア・スタンリー・スミス
写真✤梶山正
イラスト✤鈴木聡（TRON/OFFice）

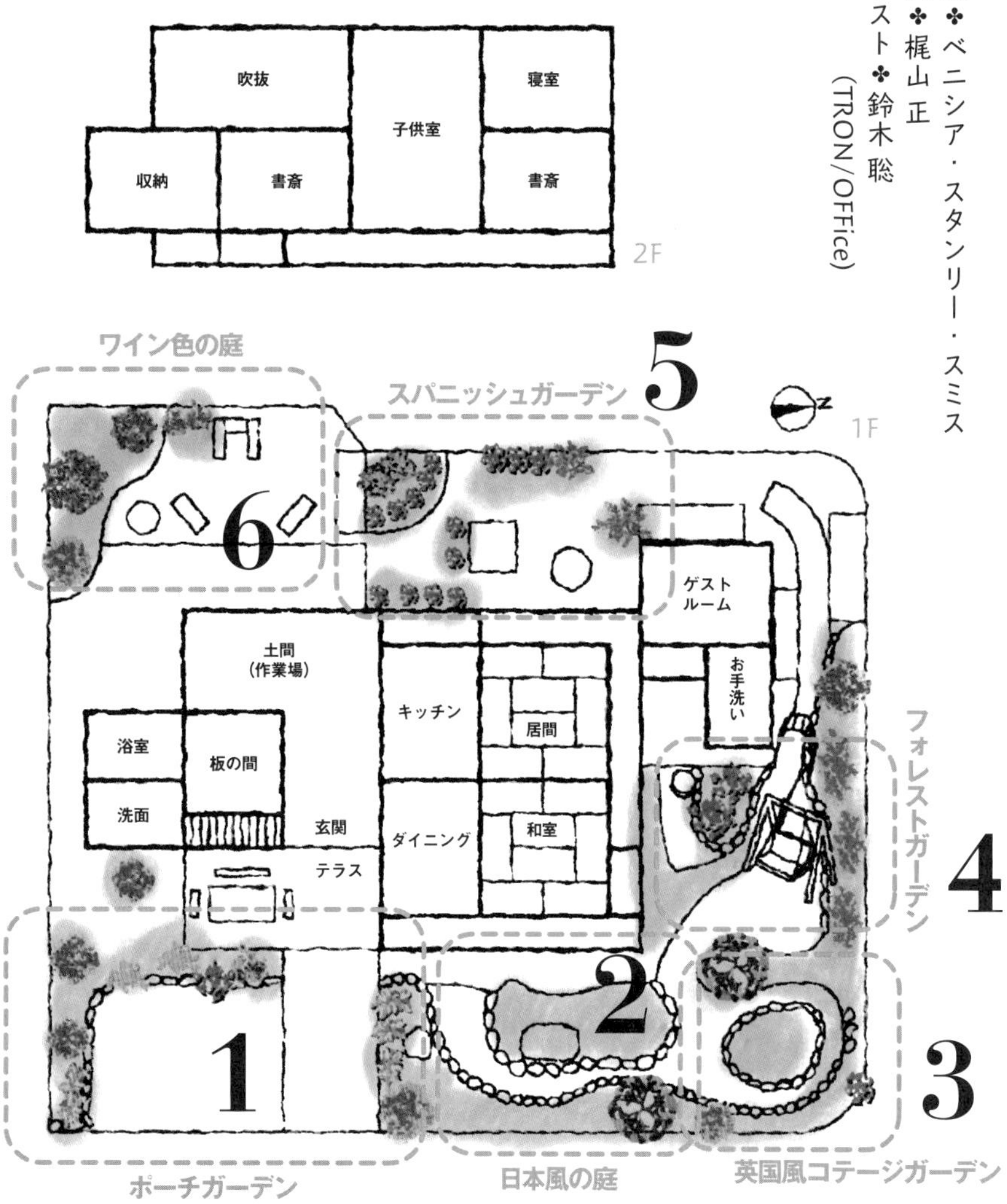

フォレストガーデンから家の裏手に回りこむ通り道。ささやかなスペースも植物が彩り、壁には庭仕事の道具がずらり。

寄せ植えをたくさん並べた軒下のスペース。ゼラニウムは葉に強い香りがあり、室内に虫が入ってくるのを阻んでくれる。

玄関脇のテラスには、ホップで緑のカーテンをしつらえている。風通しもよく涼しいこの場所で食事をとることも。

1 ポーチガーデン

玄関まわりの日当たりよく水はけのよい一角は、
ラベンダーやタイムなどの
地中海沿岸のハーブを中心に植えた。

ローズマリー
常緑小低木／ベニシアさんが日々最もよく使うハーブ。特にチキンなどの肉料理に合い、ドライ（乾燥）とフレッシュ（生）の両方が使えるが、フレッシュのほうがよりおすすめ。シャンプーや石けんの素材にも利用している。

レモンタイム
常緑小低木／ケーキやシャーベットなどのデザートにフレッシュの葉を刻んで入れる。魚料理にはドライとフレッシュのいずれも合う。

イングリッシュラベンダー
常緑小低木／フレッシュの花をグラニュー糖に埋めて密閉容器で2週間置き、香りのついた砂糖をケーキやクッキーに使う。そのほか、サッシェや石けん、シーツにスプレーするラベンダーウォーターなどにも。

ドクダミ
多年草／乾燥させた葉や茎を使う。焼酎にアロエとともに1～2カ月漬けて化粧水にしたり、乾燥させたヨモギの葉とブレンドして入浴剤にスペアミント（ドライ）と同量ずつ混ぜ、ハーブティーとして飲んでもよい。

---

2 日本風の庭

もともとあったツツジの植え込みなどを残し、
それに合うよう、日本のハーブや茶花を
ところどころに植えている。

ゲンノショウコ
多年草／乾燥させた葉を使う。乾燥させたヨモギとブレンドして入浴剤に。また、ハーブティーにして飲むと、胃腸の調子を整えてくれる。

カモミール
多年草／乾燥させた葉と花を使う。ローズマリーの葉（ドライ）とオートミールとともに混ぜ合わせ、ガーゼに包んで風呂に入れると、肌が滑らかに。リラックス効果も高い。そのほか、シャンプーやリンス、ハーブティーにも使う。

オレガノ
多年草／料理にはドライとフレッシュの両方が使えるが、おすすめはドライ。ピザなどの料理やお茶に。また、茎（ドライまたはフレッシュ）を煎じてつくるヘアリンスは乾燥気味の髪によい。

---

3 英国風コテージガーデン

中央に植えられているのは、
イングリッシュガーデンを象徴する花、
ジギタリス（キツネの手袋）。

カレンデュラ
一年草／フレッシュの花びらをクリームソースに加え、スパゲティーにあえて食べるのがおすすめ。また、乾燥させた花びらをナイトクリームに混ぜると、肌を柔軟にする効果がある。

ボリジ
一年草／フレッシュの花を水に入れて凍らせたアイスキューブをつくり、カクテルなどに浮かべて味わう。フレッシュの葉は料理に飾ったり、ハーブティーにする。

グレープフルーツミント
多年草／フレッシュの葉をアイスミントティーにしたり、ゼリーやババロアにあしらう。食すると集中力が高まると言われている。

4 フォレストガーデン

北側にあり、家の陰となっているこの庭は
森のイメージでまとめた。
月桂樹の木の下にはブランコを置いている。

チェイストツリー
落葉小低木／乾燥させてハーブティーにして飲むと、更年期の症状を和らげるとされている。イギリスでは薬局にも置かれているハーブ。

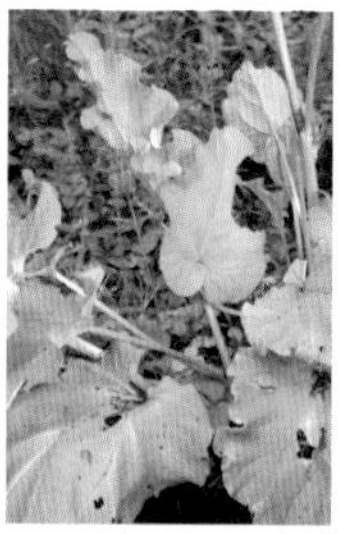

ルバーブ
多年草／茎の皮をむいてから砂糖で煮て、ジャムやパイの詰め物にして味わう。葉はシュウ酸を多量に含むため、食用には向かない。

ウメ
落葉高木／果実を梅干しや梅酒にしている。フレッシュのタイムの枝葉を煮て、それに焼いた梅干しを加えたハーブティーは、飲むと疲れにくく、二日酔いの症状が和らぐ。梅酒の中にフレッシュのレモンバーム（後述）を加えてもおいしい。

ビワ
常緑高木／乾燥させた葉を使う。お茶にして飲むと夏バテに効くと言われ、江戸時代には夏、冷たいビワ茶が屋台で売られていたそうだ。また、乾燥させたヨモギにブレンドして入浴剤にしても。

---

5 スパニッシュガーデン

スペインのパティオ（中庭）をイメージし、
赤や黄などの原色の花を植えている。
井戸にはブルーの陶片でモザイクを施した。

センティッドゼラニウム
多年草／窓辺に植えると虫除けになる。茎と葉をゴミ箱の下に敷いて臭い消しにしたり、また乾燥させて入浴剤にする。フレッシュの葉を煮出し、砂糖を加えて煮詰めたシロップは、菓子に使う。

レモンバーム
多年草／ドライまたはフレッシュの状態の葉をハーブティーに使う。ドライの葉をカスタードプリンやチーズケーキに使ってもよい。うつの症状や不安を和らげると言われるハーブ。

バジル
一年草／ドライまたはフレッシュの状態の葉をトマトソースに入れ、パスタやラザニアなどに使う。このトマトソースは一度にたくさんつくり、冷凍しておくと便利。疲労を緩和すると言われているハーブ。

スペアミント
多年草／日本で最も育ちやすいハーブの一つと言われている。乾燥させた葉をドクダミ（乾燥）と混ぜてハーブティーにすると、ドクダミの味が和らぐ。フレッシュの葉を煮出し、砂糖を加えて煮詰めたシロップは、飲み物やヨーグルトソースなどに使える。

---

6 ワイン色の庭

白、ロゼ、赤などのワイン色の花を植えた庭。
レンガ敷きのスペースでワインを飲みながら
バーベキューを楽しむことも。

レモンバーベナ
落葉小低木／フレッシュの葉をジャムをつくるときに加えたり、ハーブティーにする。また、フレッシュの葉をグラニュー糖に埋めて密閉容器で2週間置くと、香りのついた砂糖ができる。果物に振りかけたり、チーズケーキに使うとよい。

セージ
多年草／フレッシュの葉を七面鳥の詰め物やソーセージなどの肉料理に使う。フレッシュの葉をハーブティーとして飲むと更年期の症状を和らげると言われ、また、それをうがい液にしてもよい。

ペパーミントゼラニウム
常緑小低木／窓辺に植えると虫除けになる。フレッシュの葉をケーキ型の底に並べてチョコレートケーキを焼くと、香りが移っておいしい。

月桂樹
常緑高木／束にして室内に吊るしたり、乾燥させた葉を米や小麦粉に数枚入れると、虫除けになる。ドライの葉はカスタードプリンの味つけに使ったり、束ねてカレーやシチューに入れてもよい。

堆肥にもハーブを生かす

ベニシアさんは近所の畑の一角を借りてコンポストを置き、堆肥づくりをしている。刈り取ったハーブの茎や雑草、生ゴミ（植物性に限る）を入れ、上からコンフリーというハーブをどっさり投入。コンフリーの葉は鶏糞などの肥やしの2～3倍のカリウムを含み、イギリスでは有機農法に欠かせない植物とされている。栽培しやすく、年に3、4回収穫できるのもその良さだ。

堆肥は3カ月（夏季）～半年で完成。ベニシアさんは秋、この手づくりの堆肥を庭に2センチほど敷き詰める。堆肥に混じっていた種からハーブが芽吹くこともあるそうだ。

コンフリー

コンポストは三つ

完成した堆肥

ドライハーブをつくるコツ

主なハーブの収穫時期は5月から11月。ベニシアさんは、2、3日晴天が続いて乾燥した日に収穫する。枝が伸びるハーブ（ローズマリーやタイムなど）は先端の数センチを切り、ミントやレモンバームなどは地面から5センチの茎の部分を切る。いずれもドライハーブにする場合は、束にして室内の風通しのよいところに吊るすとよい。

一方、除虫菊などの花を利用するハーブは、花びらを紙の上に置いて日に当てて乾燥させる。いずれのハーブも密閉容器に乾燥剤と一緒に入れて冷暗所で保管。香りや薬効を損なわないうちに、1年以内に使い切ること。

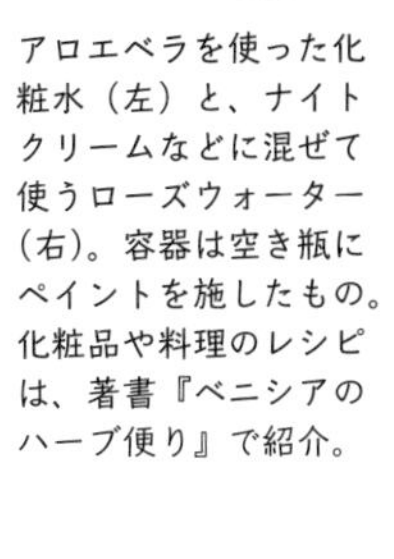

アロエベラを使った化粧水（左）と、ナイトクリームなどに混ぜて使うローズウォーター（右）。容器は空き瓶にペイントを施したもの。化粧品や料理のレシピは、著書『ベニシアのハーブ便り』で紹介。

除虫菊

コリアンダー

ヨモギを中心とした入浴剤

新連載

京都大原の山里に暮らし始めて ①

終の住処に出会う

今号よりこの連載を始めることになりました、写真家の梶山正です。

1996年にイギリス人の妻・ベニシアと息子の悠仁の３人で、
京都大原の山里に引っ越してきました。

当初は、この地でやって行けるだろうかと不安な気持ちがありました。

「外から来た人は入りこみにくい」といわれる京都の地、
しかも山里に、外国人女性と九州人の僕が移り住んだのですから。

しかし、ここでの生活にも少しずつ慣れ、気がつけばもう14年が過ぎています。

大原で暮らすうちに経験したこと、考えさせられたことなどを、ここで綴っていくつもりです。

写真·文✤梶山 正

大原は比叡山の北西、高野川の上流に位置する、標高約200mの小さな盆地だ。三千院や寂光院など天台宗の寺院が多く、観光地として有名である。人口約2,000人。住人は大原で生まれ育った人が多く、我々のような移住者は少ない。

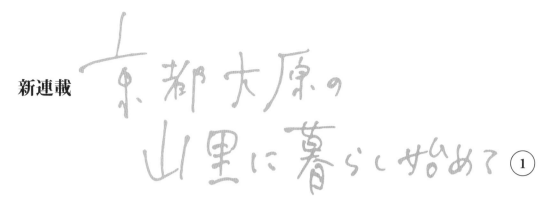

大原は高さ500〜800mの山々に囲まれている。家から10分も歩くと、深い森の中だ。北山杉の植林地が多いが、カエデやミズナラなど紅葉が美しい自然林も見られる。

ポーチの日除けに植えたホップを剪定するベニシア。雌花を摘んで乾燥させて、手づくりビールの材料に使う。また、乾燥させた花を枕に入れると、眠りを誘う効果がある。

もとは、杉苔に覆われ、庭石が置かれていた日本庭園は、庭好きなベニシアの手により、和洋折衷のハーブガーデンに生まれ変わった。

京都市一乗寺のベニシアの家に僕が転がり込んだのは、1992年の1月のことだ。その頃の僕はインド料理店でカレーをつくる毎日だったが、写真家になることを夢見ていた。ベニシアは英会話教室を経営し、英会話を日本人の生徒さんに教えていた。二人は〝バツイチ〟だった。

　ベニシアは3人の子の母親でもあった。上の二人は海外の高校に留学していたが、末っ子の主慈《しゅうじ》は自宅から国際学校へ通っていた。そこに僕が加わり、新たな生活が始まったわけだが、高校生になると主慈は一人でアパートに暮らし始めた。

　僕とベニシアは籍を入れ、93年には僕の最初の子であり、ベニシアにとっては4人目の子、悠仁《ゆうじん》が生まれた。一乗寺の家は比叡山の西麓、曼殊院や鷺森神社のある自然豊かなところにあった。僕たちは歩き始めたばかりの悠仁を連れて、毎日のように家の周辺を散歩した。そんな95年4月のある日、家主さんから連絡があった。「家を使う予定があるので、1年以内に明け渡すように！」と。

　翌日から僕たちは借家探しのため不動産屋巡りを始めた。希望の借家は郊外の自然豊かで静かなところ。「家はすぐに見つかるだろう」と僕

しっとりとした秋の彩りを見せる庭の植物たち。写真上より時計回りに／木イチゴの実。／イギリスでは生け垣によく使われるサンザシ。／花の後のシュウメイギク。／メキシコ原産のメキシカンブッシュセージ。

ダイニングキッチンでは、晩秋から春まで毎日、薪ストーブの炎が目を楽しませてくれる。

は楽観的に見ていた。ところが、紹介された家に行ってみると、山崩れが起きそうな急斜面、日当たりが悪い、道のそばで騒音が激しいなど、希望に添わない家ばかり。家探しを始めて半年経つ頃には、新たな物件情報を得ることはもうなかった。

「どうせ借家なんだから……」と僕は何度もベニシアに妥協するよう説得したが、彼女は首を横に振るばかり。ベニシアだけでなく、京都に住む西洋人の家に対するこだわりは、すごいものがある。そのうち、自分で歩いて空き家を探すという作戦も開始した。ある日、不動産屋からの電話。「あんたらが、必ず気に入る家を見つけた。大原や。見に行ってみぃ！」

家を買うことに

京都市街地から北へ20分ほど車を走らせ、僕たちは大原へ向かった。家主の老人が古い農家へ案内してくれる。玄関をくぐった瞬間に「これ、いけるかも！」と僕は感じた。古い日本家屋なので、薄暗くひんやりとした空気が漂っている。「いい感じねえ」とベニシア。小さな悠仁は、家の中をきょろきょろと見ている。

仏壇のある和室に上がると、先祖の古い写真の額縁が架けられていた。ここに引っ越したら、この家の先祖たちの幽霊が出てくるのでは？　と不安な気持ちがよぎる。応接間の床柱はしぶくて立派だ。直筆の山水画が描かれた襖からは、この家の歴史

11月になるとクリスマスに備えて、英国のトラディショナル・フルーツケーキを仕込む。たくさんつくって、親戚や友人にプレゼント。

アルバムより。右上より時計回りに。／96年の正月、ユリカモメが飛ぶ賀茂川。上賀茂神社で「早く家が見つかりますように！」と、家族でお祈りした後。／大原へ引っ越した翌朝、家のまわりを探検する２歳半の悠仁。／引っ越したばかりの日のダイニングキッチン。この部屋の現在がＰ.20上の写真。／クリスマスで久々に集まった子どもたちと。右端が僕。

とセンスの良さが感じられた。吹き抜けになった土間へ行ってみると、民俗博物館にあるような、大きなおくどさんがあった。その上を被うように延びる梁は直径50センチほどもある立派なものであった。大黒柱はよく磨かれて赤黒く光った檜だ。

家主に挨拶をして別れ、僕たちは車を走らせた。「ついに私が死ぬ家を見つけた！」とベニシア。僕はこの家で何か新しいことを始められるだろうという予感がする。

帰宅してさっそく不動産屋に電話し、気に入ったことを伝えた。すると、「じつは借家ではなく、家主は売りたいそうです。借家ならば、数年内に必ず買うという契約で……」。え？　最初からその作戦だったんだな。とはいえ、ベニシアには「終の住処」、僕には「新しいことを始められる」と感じさせた家である。これまでの人生で家を買うなんて考えたこともなかったが、方向は決まった。

翌日、不動産屋へ。「頭金はどれぐらい準備していますか？」。どうやら、家を買おうと計画する人は、数年間、頭金を貯蓄してから動き出すのが普通のようだ。「頭金はなく、赤字の自営業です」。不動産屋はあきれた顔で僕たちを見る。そんなことを気にもせず、僕は住宅ローンの申請に動き始めた。何とかなるだろう。いくつかの銀行を回ってみたが、審査がＯＫの返事をどこからももらえない。２カ月が流れた。仕方がないので、不動産屋が指示する手順で動いてみることにした。すると不思議なことにＯＫの返事をもらうことができた。「これで家が買える！」

そうこうしているうちに借家を退去しなければならない日が迫って来る。もうすぐ大原へ引っ越せるだろうと安心していたとき、不動産屋から連絡があった。家主の母親が亡くなったので、四十九日が終わるまで待って欲しいと。住む家がない僕たちは仕事を休んで、東北地方の旅に出てみた。そして、カエルの合唱が賑やかな6月15日、やっと大原の住人になることができた。

かじやま・ただし
1959年長崎県生まれ。写真家。山岳写真など、自然の風景を主なテーマに撮影している。登山ガイドブックほか共著多数。84年のヒマラヤ登山の後、自分の生き方を探すためにインドを放浪し、帰国後まもなく、本格的なインド料理レストラン「DiDi」を京都で始める。妻でハーブ研究家のベニシア・スタンリー・スミスさんはレストランのお客として知り合い、92年に結婚した。

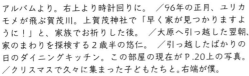

京都大原の山里に暮らし始めて ②

古民家での生活が始まった

1996年に僕はイギリス人の妻・ベニシアと息子の悠仁と３人で、
京都大原の山里に引っ越してきました。
ここでの生活にも少しずつ慣れ、
気がつけばもう14年が過ぎています。

写真・文✤梶山 正

朝霧に霞む大原の田舎道を散歩した。ちょっと眠いが、早起きは三文の徳だ。露で化粧したネコジャラシに出会った。

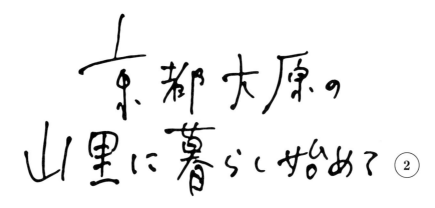

その朝、窓の外はうっすらと初雪に覆われていた。大原から岩倉へ続く、昔の峠道を歩いてみた。まずは、雪をまぶした落ち葉を踏みしめて寒谷峠へ。瓢箪崩山（ひょうたんくずれやま）の山頂からは、ゆったりとした比叡山が間近に見えた。

春から秋までは、100種類ほどのハーブが育つ庭。冬の間は松、サツキ、モミジ、梅などの樹木が庭の主役だ。

1996年6月15日の朝、決められた時刻よりも少し早く、僕たちは新居に着いた。新居といっても築100年の古民家だ。今日からこの家での生活が始まるので、僕たちは早く掃除して荷物の整理に取りかかりたいと思っていた。家は長い間使われていなかったので、すぐに暮らせる状態ではなかったのだ。

売主は、新居の斜向いに住んでいる。僕が車を停めている間に、ベニシアは売主へ挨拶をしに行ったが、浮かぬ顔をして戻って来た。「約束した時刻よりも来るのが早い」と機嫌が悪かったそうだ。

「ベニシア。今日これから、僕たちはやるべきことがいっぱいあるし、あまり気にすんなよ！　あの人は家を売って、ちょっと寂しくなっているんじゃないかな」

ベニシアと前田さん（ベニシア英会話学校の女性スタッフ）は、家に入るとさっそく掃除に取りかかった。僕はまず2歳半の悠仁と家の探検隊を結成した。部屋は全部で13あったが、そのうちの4部屋は窓がなく真っ暗な空間だ。押し入れや物置きとして使う部屋のようだ。

「お父さん。あそこに、まっくろくろすけがいる！」

悠仁は真剣なまなざしで暗闇を見詰めている。まっくろくろすけとは『となりのトトロ』に出て来る、民家の暗闇に住むキャラクターだ。

探検隊は、各部屋をカメラで撮影して回った。生活が始まる前の様子を記録しておきたかったからだ。ところが、ベニシアの一言。

「あなたたち、何しているの？　この忙しいのに写真なんか撮っている場合じゃないでしょう！」

僕と悠仁は顔を見合わせた。どうやら探検隊解散の潮時になったようだ。そのとき撮った写真が前号掲載

夕飯は、薪ストーブに燃えるヤマザクラの熾火に網を載せて、悠仁が牛タンステーキを焼いてくれた。ベニシアはワインを飲んでリラックス。

右上より時計回りに　／冬の間、寒さに弱いハーブは植木鉢に植えて縁側に入れておく。／たくさんの薪を確保することも仕事の一つ。／ネコジャラシ。穂で猫をじゃれさせたことが名の由来。／秋から冬の庭は、枯れた花や枝葉も楽しむ。

のモノクロ写真である。

新しい住まいでの最初の夜は、1階の和室に布団を並べて寝た。翌朝、大きな窓から差し込む朝日が眩しかった。昨夜は遅くまで掃除をしていたのに、ベニシアは早起きして作業を始めているようだ。

風呂で問題発生

生活を始めて最初の問題は風呂で起こった。この家の風呂は薪を燃やして温める、昔懐かしの五右衛門式である。浴槽の底に排水の穴はあるが、お湯を溜める栓が付いていなかった。それで、とりあえずワインのコルク栓に布を巻き付けて代用した。翌日、ホームセンターで栓を探してみたが、どれもサイズが合わない。

それから数日が過ぎても、栓の問題は解決していなかった。売主に尋ねればわかるはずだが、引っ越し当日のことがあったので聞きに行くのは気が引けた。僕は売主とある程度の距離を保つのが良さそうだと考えていたからだ。ところが、そんな僕の気がかりは役に立たない。

「栓は風呂のすぐ外にある」

ベニシアが売主の家へ行って得た実質的な情報である。

それを聞いて、風呂の近くの屋外を探ってみた。バルブの付いた排水管が屋内からつながっている。試しに浴槽に水を入れてみると、その排水管から水が流れ出した。水を溜めるには、バルブを閉めればいいようだ。これまでは、代用コルク栓を使っていたので密閉できず、お湯は勝手に流れ出ていたのだ。

風呂の栓の問題は、これで解決した。ようやくこの日から、僕たちは温かい風呂にゆっくりと浸かることができるようになった。

今は、置き物として可愛がっているダルマストーブ。

かじやま・ただし
1959年長崎県生まれ。写真家。山岳写真など、自然の風景を主なテーマに撮影している。登山ガイドブックほか共著多数。84年のヒマラヤ登山の後、自分の生き方を探すためにインドを放浪し、帰国後まもなく、本格的なインド料理レストラン「DiDi」を京都で始める。妻でハーブ研究家のベニシア・スタンリー・スミスさんとはレストランのお客として知り合い、92年に結婚した。

京都大原の山里に暮らし始めて ③

やるべきことが、絶え間なくやってくる

1996年に、僕はイギリス人の妻・ベニシアと息子の悠仁と３人で、
京都大原の山里に引っ越してきました。暮らしながらの民家改修や、
ここで経験したこと、考えさせられたことなどを綴っていきます。

写真·文✤梶山 正

大原では10月中旬に菜の花の種がまかれ、４月上旬には、菜の花の蕾で漬け物がつくられる。写真は４月中旬、満開の菜の花。

高野川沿いにあるヤマザクラの並木は、100mほど続く。ヤマザクラの咲く時期はソメイヨシノよりも少し遅く、例年４月20日が見頃だ。ヤマザクラは花が咲く時期に新芽も出てくる。新芽の色は赤、茶、緑と変異が多く美しい。

古いガラス窓は、表面が波打っている。それで、窓越しの庭の花たちもゆがんで見えて楽しい。

大原に引っ越してひと月が流れた。僕とベニシアは来る日も来る日も、家の雑用を続けていた。これが今やらなければならない仕事だと思っていたからだ。そんな僕たちを見て、近所の人たちはたずねてきた。

「仕事は何をしているんですか?」

働かなくてもお金が廻るのだろうと見ていた人もいたようだ。

実際は、家を買うのにお金を使い果たしてしまい、安くて栄養価が高い納豆が主菜の生活であった。そのためか、2歳半の悠仁は大の納豆狂いとなった。

「ABCDナットウライス♪」と悠仁が口ずさむうちに、近所の子どもたちもその歌を歌い始めた。

家の配線図をつくってみる

やるべきことの一つに電気の問題があった。キッチンでトースターと掃除機を同時に使うと、いつも安全ブレーカーが落ちた。また、2階の部屋の半分は、電気がどこかで止まっていた。おそらく、こんな時は、業者に見てもらうのが普通だろう。とはいえ〝納豆生活経済状態〟である。とりあえず、電気はどうやってこの家へ来ているのか調べてみた。

電気は電力会社によって発電所でつくられる。その電気はまず送電線、次に配電線を通って運ばれ、通常100Vに変圧された後、電柱から各家のメーターまでやってくる。そして分電盤へ。分電盤には複数の安全ブレーカーが付いている。安全ブレーカーを経て、電気回路の最終点へ。一般家庭での最終点とは、各部屋に取り付けられているコンセントボックスと引っ掛けシーリング(部屋の天井に付いている照明器具をセットする配線器具)から使える電気であろう。こうして僕たちは発電所から

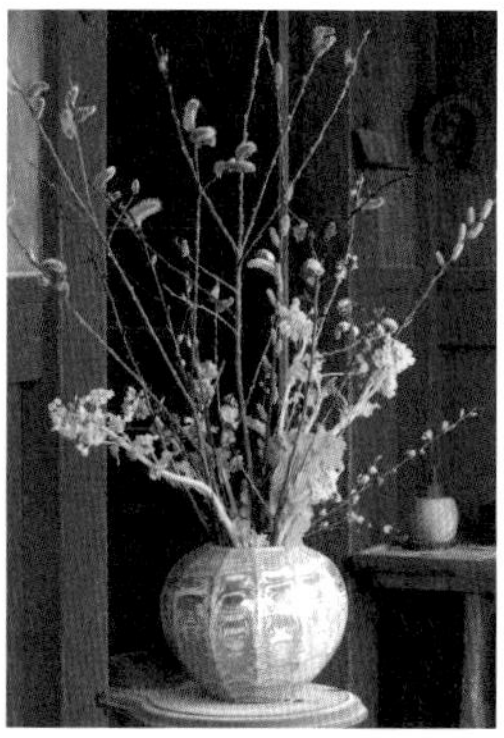

上/土手で摘んだネコヤナギと庭の菜の花、紅梅を玄関に飾った。下/3月上旬、梅がたくさん花を咲かせた。

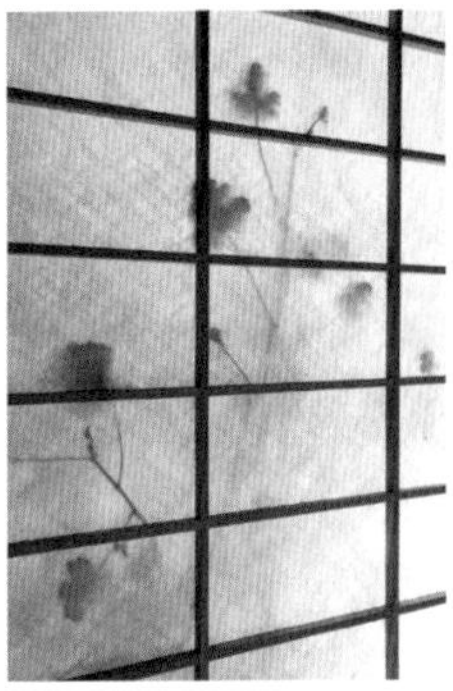

上／塩漬け発酵のバラの花びらのポプリにラベンダーの花穂を飾る妻のベニシア。左／センティッド・ゼラニウムの葉が、障子に模様をつくっていた。

右／近くの花尻の森では、たくさんの椿が咲いていた。左／庭に野鳥の餌を置くコーナーを設けている。ピィーヨ、ピィーヨと鳴くヒヨドリが来た。

長い旅を続けた電気を利用して、電化製品を使うわけだ。

できることは何だろう？　電気工事は法的に電気工事士の資格が必要だが、僕でもタッチできる部分はきっとあるはずだ。家の中の配線状態さえわからない状態だったので、まず簡略な配線図のようなものをつくってみようと思った。

我が家の分電盤には七つの安全ブレーカーが付いていた。それぞれの安全ブレーカーは、どの部屋に繋がっているのかを調べることにする。七つあるブレーカーの一つだけを作動させ、コンセントまたは引っ掛けシーリングへ電気が来ているかチェックすればわかるわけだ。この作業に2日もかかってしまった。

簡略配線図をつくるうちに、この家の配線は計画性がなく、後から何度も配線工事が繰り返されたと想像できた。ひどく混んだラインがあれば、ほとんど使われていないラインもあったからだ。

また、電線をたどって天井裏にも上ってみた。すると、今普及しているVVFケーブル（ビニール被覆で平型）で配線されているのは半分ぐらいで、残りの半分は、布で被覆が為された昔懐かしの単線コードだった。新旧が混在している状態だ。

夏の天井裏はさすがに暑く、汗と5センチ積もった埃でひどい状態になった。天井裏に上がる前は、この家が棟上げされたときの記念とか秘密はないかと、ちょっと期待していたのだが……。そこで得たのは、これからやるべき配線工事は、大変だろうという予想だけであった。サウナのような天井裏から抜け出すと頭がクラクラした。

友人がタケノコを掘って来たので、さっそく茹でる準備をした。

かじやま・ただし
1959年長崎県生まれ。写真家。山岳写真など、自然の風景を主なテーマに撮影している。登山ガイドブックほか共著多数。84年のヒマラヤ登山の後、自分の生き方を探すためにインドを放浪し、帰国後まもなく、本格的なインド料理レストラン「DiDi」を京都で始める。妻でハーブ研究家のベニシア・スタンリー・スミスさんとはレストランのお客として知り合い、92年に結婚した。

京都大原の山里に暮らし始めて ④

気になっていたことが、一つ解決

1996年に、僕はイギリス人の妻・ベニシアと息子の悠仁と3人で、
京都大原の山里に引っ越してきました。暮らしながらの民家改修や、
ここで経験したこと、考えさせられたことなどを綴っていきます。

写真·文❖梶山 正

我が家の向かいに広がる田んぼに、日本の国鳥である雉のカップルがやって来た。田植え前の水を張った田んぼで、餌を探し当てて啄んでいた。

大原北部の百井町（ももいちょう）から始まる百井川。この清流は北上して安曇川と名が変わり、琵琶湖の水となる。一方、大原盆地から始まる高野川は南下して鴨川となる。水源地がすぐ近くなのに、水はまったく違う旅をする。

僕が家の修理をやっていたとき、妻は庭に料理用のハーブを植え始めた。今ではハーブのいい香りが漂う庭になった。

前号の続きで電気配線の話を進めたい。古い家の雰囲気はいいのだが、古い配線器具は漏電の不安があった。

我が家の電線の半分は、布で被覆された旧式の単線コードだが、これをすべて、今普及しているVVFケーブルに変えたい。また、混んだラインとあまり使われていないラインを整理して、なるべく均等にしたい。それに、コンセントボックスを増やし、照明器具のため天井に引っ掛けシーリングを付け、スイッチも設置したいと思った。あとは、親切で、しかも安く工事を引き受けてくれる業者を捜さなければ。

電気工事士が見つかった

僕はインド料理店DiDiを営んでいる。1984年に8カ月間インドを旅したあと、帰国してすぐに始めた店だ。当時僕が住んでいた学生アパートの3部屋を改装して店に変えた。業者に頼まず、僕が自分で工事をやり始めたのを見て、大家さんが悲しそうな顔をしていたことを思い出す。

僕はインドの旅を続けながら、貧しくてもたくましく生きる人びとの暮らしを見ていくうちに「人間って何をやっていても、案外しぶとく生きて行けるもんやなあ……」と思うようになっていた。それで、僕もしぶとく生きて行くために、自分でできることをすぐに始めてみたいと思った。それがDiDiを開いたことにつながっている。

また、インドで僕は安いメシ屋や外国人旅行者向けのカフェ、高級ホテルのレストランなど、いろいろなお店で食事をした。そんな中で、とても気に入ったお店との出会いもあ

ベニシアが幼い頃から憧れたのは、コテージガーデンをつくること。ガーデニング本を開きながら、どうしようかと模索する。

旗づくり名人の福井恵子さんの工房で、孫の浄と一緒に染めた鯉のぼり。爽やかな五月晴れ、気持ちいい風を吸い込んで泳いでいる。

かじやま・ただし　1959年長崎県生まれ。写真家。山岳写真など、自然の風景を主なテーマに撮影している。登山ガイドブックほか共著多数。84年のヒマラヤ登山の後、自分の生き方を探すためにインドを放浪し、帰国後まもなく、本格的なインド料理レストラン「DiDi」を京都で始める。妻でハーブ研究家のベニシア・スタンリー・スミスさんとはレストランのお客として知り合い、92年に結婚した。

上右／春の日差しを浴びるルピナスとチューリップ。上左／たくさん採れたので吊って乾燥させドライ・カモミールに。下／摘みたてカモミールで、リラックス効果の高いハーブティをつくった。

り、僕も自分でレストランを始めて、美味しい料理と素敵な雰囲気をお客さんたちと分かち合いたいと思うようになっていたのだ。

DiDiのお客さんはインド好きな人や外国人、また、ベジタリアンの人も多い。カレーだけでなく、玄米菜食メニューなどつくっているからだ。今は僕の妻となったベニシアも、開店した頃から来てくれたお客さんだ。「ごちそうさま。美味しかったよ！」とお客さんに喜ばれるのが嬉しくて励みになった。

ある日、お客さんのBさんが、カレーを待つ間、僕に話しかけて来た。

「この店の電気配線はよくないなあ。俺が直してあげるよ」

彼は電気工事士である。業者に頼む経済的な余裕がないことを説明しつつ、やんわりと断った。

「インドカレーを何食かタダで食わせてくれるとか……それが工賃ということでどう？」

こうしてDiDiの電気配線工事は、冗談みたいなやり取りで決まった。

さて、我が家の電気配線工事をどうしようかと思案していた時、頭に浮かんできたのがBさんの顔である。電話してみるとOKの返事。工事の様子を見たいので、僕も手伝いたいと申し出ると承諾してくれた。今回の工賃もインドカレーというわけにはいかなかったが……。

Bさんのおかげで配線工事は二日間で終了した。僕も参加して新たなことを体験できた。家中に明かりが灯り、コンセントに掃除機のプラグを差すと音を立ててゴミを吸ってくれた。気になっていたことが一つ解決して、すっきりした気分だ。僕は嬉しくて、設置された配線器具やケーブルなどをじっと眺めていた。

イギリスから遊びに来たチェサー一家と一緒にすき焼きディナー。みんなは慣れない箸使いに、てんてこ舞いだった。

京都大原の山里に暮らし始めて ⑤

土間を写真スタジオに改修する

1996年に、僕はイギリス人の妻・ベニシアと息子の悠仁《ゆうじん》と３人で、
京都大原の山里に引っ越してきました。暮らしながらの民家改修や、
ここで経験したこと、考えさせられたことなどを綴っていきます。

写真・文✤梶山 正

青々と稲が育つ田の畦道を散歩するベニシア。大原の田畑は、盆地中央部の日当たりのいいところに広がり、集落はその隅の山裾に集まっている。

梅雨の晴れ間に、大原北西の大見尾根から流れ出る陸地谷（おかちだに）を歩いてみた。谷の下部は杉植林地だが、上部は思いのほか雑木林が多かった。谷に転がる大岩の上にも、木が元気よく根を下ろしていた。

座敷から眺めた我が家の庭。白いアナベルと黄色のキンシバイ、紅色のモミジと鮮やかな緑のコントラストが美しい。

大原で暮らして2カ月後には、家中に灯りがついた話を前号で書いた。順番通りに行くなら次は水道だが、今回はおくどさんの話をしよう。

京都では竈《かまど》をおくどさんと呼んでいる。京ことばでは、生活と関わりの深い名詞に「お」と「さん」を付けるケースがある。例えば「おあげさん(油揚げ)」とか「おひがしさん(東本願寺)」など。「おくどさん」は「竈《くど》」に「お」と「さん」を付けたものだ。

この家に初めて来たとき、吹き抜けの土間にある、おくどさんに驚いた。貫禄があり美しい。直径70センチもの大鍋を火にかけられる。おそらく、結婚式や法事でたくさんの親戚が集まっても、このおくどさんで、皆の料理をつくったのだろう。ここに暮らしてきた人びとの息吹が、残されているように感じられた。

しかし、僕たち一家がここに暮らすようになって2年、おくどさんを使うことは1度もなかった。大原に多い、四つ目建ち（家の1階の中心部分に、田の字のように4部屋が集まった間取り）の2部屋をダイニングキッチンに改修していたので、調理台はそちらにある。おくどさんのある土間は暗くて寒く湿気も多い。ときどきイタチが走り回るので、ベニシアは怖がっている。悠仁は、ここにも〝まっくろくろすけ〟が住んでいると言う。そんなわけで、たまに来てくれる客人に「重要文化財み

ゼラニウムやナスタチウムの花を咲かせ、スペイン風にデザインした裏庭。写真左のテーブルのような台は井戸。

かじやま・ただし　1959年長崎県生まれ。写真家。山岳写真など、自然の風景を主なテーマに撮影している。登山ガイドブックほか共著多数。84年のヒマラヤ登山の後、自分の生き方を探すためにインドを放浪し、帰国後まもなく、本格的なインド料理レストラン「DiDi」を京都で始める。妻でハーブ研究家のベニシア・スタンリー・スミスさんとはレストランのお客として知り合い、92年に結婚した。

右上から反時計回りに　／在りし日のおくどさん。五つの大きな竈が付いていた。　／改修工事中、おくどさんの中に入って遊ぶ5歳の悠仁。／土間の改修工事は、全部で3回に分けて実施した。写真は3回目、土壁を撤去する知人のチュータと9歳の悠仁。この後、ここに窓を取り付けたら、ぐっと明るくなった。　／写真スタジオになったり、ある時は、日曜大工の工房になったり。ときどき、ロッククライミングの練習場にもなる、現在の土間。

上／庭のラベンダーを摘んで干し、あとでさまざまなハーブグッズをつくる。 下／ベニシアの趣味の一つは、籠や笊、古い水瓶や茶箱などを集めること。

たいでしょう!」と鑑賞してもらうだけの存在になっていた。

さよなら、おくどさん

暖かな春のある日、町内の池田さんから、池田家のおくどさんを撮影して欲しいと頼まれた。築150年の家を改築するので、おくどさんを撤去するそうだ。カメラを持って訪ねると、すでに神主さんがお祓いを済ませた後で、おくどさんの上には、塩と米とお酒が供えられていた。

その3カ月後、僕とベニシアは完成した池田家を訪ねた。古民家を上手に改築することで有名な工務店に依頼したそうで、家の外見は以前と変わらぬ雰囲気であった。ところが、室内は元からある渋さに、使い良さと現代的センスが加えられたようだ。僕もそのうち、我が家のおくどさんのある土間を写真スタジオにつくり変えようと思った。

年が明けた99年1月の寒いある日。僕はついに腰を上げた。ツルハシとバールを持って、おくどさんを囲う黒いレンガを剥がし始めたのだ。レンガの目地の表面はモルタルで固められていたが、内側は粘土のような土で留められていた。大変なことになるかと予想していたが、案外簡単に作業は進んだ。外出先から戻ったベニシアは、土埃が立ちこめた土間を見て驚いた。幼稚園から戻った5歳の悠仁は、新たな遊び場ができて嬉しそうだが、「まっくろくろすけはどうしたの?」と、ちょっと心配でもある様子。

おくどさんから取り外したレンガは、いつか庭の通路や花壇の縁に使おうと庭の隅に積み上げた。レンガの内側の土は庭に撒くことにした。こうして再利用することにしたので、ゴミは出ない。おくどさんを取り除いた土間の部分をモルタルで固めて、写真スタジオができ上がった。

改修する前、僕はこのおくどさんの写真も撮影しておいた。自分の力で安くできたのは良かったが、今もそのおくどさんの写真を見ると、少し複雑な気持ちになってしまう。

京都大原の山里に暮らし始めて ⑥

いよいよ庭に手を掛ける

1996年に、僕はイギリス人の妻・ベニシアと息子の悠仁《ゆうじん》と３人で、京都大原の山里に引っ越してきました。暮らしながらの民家改修や、ここで経験したこと、考えさせられたことなどを綴っていきます。

写真・文✣梶山 正

９月上旬、たわわに米を実らせて収穫を待つばかりとなった、来迎院町の稲田。金比羅山の向こうに夕陽が落ちようとしている。

右上から反時計回りに　／真夏に大原の山を歩いた。暑くてバテ気味だったが、生き生きと咲くリョウブの花から元気をもらった。若葉はやわらかくて食べられるという。　／美しい羽を広げて蜜を吸うキタテハ。　／高野川の土手に咲いていた、クズ。秋の七草の一つであり、太い根から葛粉や生薬が採れる。　／稲刈りが終わると大原の畦道は、真っ赤な彼岸花で染まる。花から球根まで猛毒の植物だ。

ベニシアがバラの花とラベンダーでポプリをつくった。ポプリのつくり方は、塩漬け法と乾燥法の２種類ある。

暑かった夏が終わろうとしていた。住み始めた大原の家には、駐車場がなかった。それで2カ月間以上も、僕とベニシアは近所の道路脇に車を2台停めていた。庭の一角を駐車場に変えたい。早く何とかしないと、このままでは近所迷惑だ。

駐車場にする予定の庭の一角には、サツキ、モミジ、シラカシ、ナンテンが植わっていた。まず、移植作業に取り組んでみたが、一人で大きな木を移動させるのは難しかった。ロープやウインチを使うなど、体だけでなく頭も稼働させる必要があった。

駐車場をつくるには、道路から1メートルぐらいの高さの石垣を崩して、土を削り取らなければならない。木の移植だけでも大変だったので、駐車場づくりは業者にお願いした。

ガーデニングに熱中するベニシア

駐車場ができて、ベニシアは庭に手を入れたくなったようだ。仕事や用事で京都市内へ行くたびに、彼女はハーブや花の苗を買ってくるようになった。家にいる時は、庭を掘り返して石を取り除き、せっせと花壇をつくって植物を植え始めた。

もともと庭には、松や庭石が配置された伝統的な日本庭園がつくられていた。ところが、ベニシアは子どもの頃から憧れていた英国風コテージガーデンをつくりたいと言う。

「ここから向こうは、英国風の庭に変えてもいいけど、真ん中の日本庭

英国風コテージガーデンには樹木だけでなく、草花、ハーブ、野菜なども植えるので、植物の種類がとても多い。

庭に咲くオミナエシ。秋の七草の一つである。

庭の片隅に転がっていた石を縁側へ移動させて、沓脱ぎ石に使う。英国の大学から夏休みで戻って来た主慈(しゅうじ)が手伝ってくれた。まだ小さいけど、悠仁も頑張った。／庭の排水をよくするため、穴をたくさん開けた塩ビ製パイプを埋めるベニシア。穴から土が入り込まないように、まず石で囲って、それから土を被せる。

1996年6月に引っ越して来た翌朝、縁側で遊ぶ悠仁。庭の植木や雑草は伸び放題。長い間、手入れされていない様子であった。

園の部分はあまり変えて欲しくないなあ」と僕。

湿気が多い山裾にある家なので、庭は青々とした苔に被われていた。雨が降ると、家の屋根に降った雨水は、雨樋を伝って庭に流れ込んだ。庭には排水路がなかったので、雨が降ると池のように水が溜まった。

「これから私は、ハーブとガーデニングを趣味にします」とベニシアは張り切っていた。一方、僕は家のことなんか早く終わらせて、趣味の登山を再開したいと思っていた。それなのに、次は庭の排水工事をしなければいけない。

庭のモミジが赤く色づき始めた。ホームセンターで塩ビ製パイプと枡、それにセメントと砂を買って来た。塩ビ製パイプを埋める溝を掘り、雨樋からの水を流す排水路をつくった。また、庭の水はけがよくなるように、1センチぐらいの穴をたくさん開けた塩ビ製パイプをあちこちに埋めた。パイプの先は、石垣の石の継ぎ目に出した。こうしてでき上がった排水路の成果は絶大であった。以前のように、庭が池や沼のようになることはもうなかった。嬉しい。

冬が過ぎ、庭の梅の花がみごとに咲いた日の夕方のこと。

「買っておいた芝生を全部植えたよ。でもけっこう疲れたから、ご飯づくりを手伝ってね」とベニシア。

「わかったよ」

僕はさっそくキャベツを冷蔵庫から取り出して、コールスローをつくろうとした。ところが、昨日、刺身が切れるぐらい包丁をシャープに研いでいたのに、

「あれ！　おかしい、なんで？　ベニシア、全然切れない。この包丁でなんか変な物を切ったやろう？」

彼女はとぼけた顔をしている。

「もしかしたら、この包丁で芝生を切ったんとちゃう？」

「そんなに怒らんといて！」

研ぎたての包丁で芝生を切るなんて……。ガーデン大国イギリスから来た人のガーデニング技術は、まったく、すごすぎると思うのであった。

かじやま・ただし　1959年長崎県生まれ。写真家。山岳写真など、自然の風景を主なテーマに撮影している。登山ガイドブックほか共著多数。84年のヒマラヤ登山の後、自分の生き方を探すためにインドを放浪し、帰国後まもなく、本格的なインド料理レストラン「DiDi」を京都で始める。妻でハーブ研究家のベニシア・スタンリー・スミスさんとはレストランのお客として知り合い、92年に結婚した。

京都大原の山里に暮らし始めて ⑦

危ないものはいらない。安全で安心できるものだけが欲しい。

1996年に、僕はイギリス人の妻・ベニシアと息子の悠仁《ゆうじん》と３人で、京都大原の山里に引っ越してきました。暮らしながらの民家改修や、ここで経験したこと、考えさせられたことなどを綴っていきます。

写真・文　梶山 正

大原の真ん中を南北に流れる高野川は鴨川の支流。川岸に育つヨシとモミジが秋色に染まった。

大原の裏山から遥か若狭まで、北山の峰が連なっている。北山には、この地方特有の芦生杉（あしうすぎ）の巨木が見られる森がある。幹が何本にも分かれた独特の形状を持ち、伏状台杉（ふくじょうだいすぎ）とも呼ばれている。

手押しポンプで水を汲み、庭の植物たちに。屋根に降った雨水を、リサイクルしたウイスキー樽に溜めている。

我が家から80キロ北に福井県若狭湾の原子力発電所群がある。ここは、日本で最もたくさんの原子力発電所があるので、通称、原発銀座と呼ばれている。ここも地震で揺れるかもしれない。福島第一原発事故以来、僕は落ち着かないのだ。

今年の3月11日、マグニチュード9の巨大地震が東北地方三陸沖で発生。それにより福島第一原発事故が起き、大量の放射能（＊）が放出した。

その日、地震が起きたことも知らずに、僕はふだんと変わらぬ時を過ごしていた。関西では、あまり揺れなかったのだ。夕方3時半頃、イギリスに住む息子の主慈《しゅうじ》から、とつぜん電話がかかって来た。

「タダシ、大丈夫？ 日本で大地震が起きたんやろ？」

「そうなん？　知らんかった」と僕。

「いまイギリスのテレビで日本の地震のことをやっていて、それで、ヤバイと思って電話したんよ」

早速テレビをつけてみると、どのチャンネルも震災の状況を実況中継していた。

原発事故から数日後、ベニシアの友人親子が放射能を恐れて、東京からベニシアの英会話学校に避難しにやって来た。僕は「福島から避難ならわかるけど、東京から避難しに来るとは……」と驚いてしまった。また、イギリスに住むベニシアの親類からは、「日本にいても大丈夫なの？」と、心配そうに電話がかかって来る。外国の人びとも、地震と原発事故を気にかけてくれている。

上／ミツバチの世話をする友人の後藤君。中／食器洗いはハーブの成分を煮出した石鹸水を使う。左下／冬の暖房に備えて薪を準備しておく。

＊放射能：もとは、「放射線を出す能力」を意味する言葉だが、日本では「放射性物質」を指す言葉としても使われている。

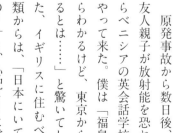

右上から時計回りに／花がきれいなメドウセージが秋の庭を彩る。　／チェリーセージの上で獲物を待つカマキリ。　／防虫や防腐効果が高いタンジーは、独特な香りを持つ。／秋のあいだ、長く花を楽しませてくれるシュウメイギクは、キク科でなくキンポウゲの仲間だ。

右上／園芸の盛んなイギリスから来たベニシアは、コンフリーというハーブを使って良質な有機肥料をつくる。　左上／コンポストをつくる木箱に、コンフリーを入れる。　中／できあがった栄養豊かな土。下／コンフリーを水に浸けて液肥をつくる。

かじやま・ただし

1959年長崎県生まれ。写真家。山岳写真など、自然の風景を主なテーマに撮影している。登山ガイドブックほか共著多数。84年のヒマラヤ登山の後、自分の生き方を探すためにインドを放浪し、帰国後まもなく、本格的なインド料理レストラン「DiDi」を京都で始める。妻でハーブ研究家のベニシア・スタンリー・スミスさんとはレストランのお客として知り合い、92年に結婚した。

環境に負荷のない暮らしを求めて

僕たち家族は住み良い暮らしを願いながらも、まずは、環境のことも考えなければと、ちょっとがんばって毎日の生活を送っていた。

そのいくつかの例をあげてみると、とにかく、こまめに電灯を消すこと。我が家は部屋が13もあるのだ。暖房は薪ストーブを使い、灯油や電気をなるべく使わない。ここは下水設備がなく、生活排水が川に流れ出すので、合成洗剤を使わず、環境によりやさしい石けんを使う。庭の植物たちには、溜めた雨水をやる。また、台所から出る野菜屑、残飯と枯れ葉や雑草を醗酵させてコンポストをつくり、植物の栄養にしている。土壌の微生物を育てず、固い土壌と自立できない植物をつくってしまう化学肥料は使わない。また、世界的に減少している蜜蜂の危機を知り、蜜蜂が増えることを願って、彼らが好む植物を庭に植える。蜜蜂は植物の受粉のために、なくてはならない重要な働き手だから。

こんな小さなことの積み重ねが、きっと地球のために必要だろうなと思いつつ……。

そんな些細な気遣いをぶっとばして、福島第一原発では、原子炉3基のメルトダウンと2基の水素爆発という、原発史上最悪の事故を起こしてしまった。日本はアメリカ、フランスに次ぐ、世界で3番目にたくさんの原発を持つ国だ。アメリカの原発の多くは地震のない東海岸にあり、フランスは、あまり地震がない。日本は世界有数の地震多発地帯である。そんな地震の国に原発が54基もある。特に危ないと言われているのが、現在、停止指示がかかっている浜岡原発だ。これから30年以内に、マグニチュード8程度の東海地震が発生する可能性は、87％と言われている。

原子力発電は、放射性物質という猛毒廃棄物が残される。これから何万年、何十万年と危険な放射線を出し続ける、その廃棄物処理の方法を今の人類は知らない。処理できない猛毒を後世に残していいわけがない。また、人類だけでなく、あらゆる生物と地球環境全体のことを考えていくと、原子力発電は危険が大きすぎる。即刻止めて欲しいと思っている。

京都大原の山里に暮らし始めて 8

薪ストーブの炎に心暖められ、悠仁を出産

1996年に、僕はイギリス人の妻・ベニシアと息子の悠仁《ゆうじん》と３人で、京都大原の山里に引っ越してきました。暮らしながらの民家改修や、ここで経験したこと、考えさせられたことなどを綴っていきます。

写真・文　梶山 正

雪見の散歩に出かけた。大原八ヶ町の氏神を祀り、大きな神木が聳える江文神社へ。

たくさん雪が積もったある日、近くの山を歩いてみた。そのときウリハダカエデの実が、枝からぶら下がっているのを見つけた。この実は、ヘリコプターの羽根のようにくるくると回りながら落ちていく。

上から時計回りに　／僕の薪割り道具一式。　／カシノナガキクイムシにやられたミズナラ。フラス（排出された木屑）には仲間を呼び寄せる集合フェロモンも含まれる。　／やられた木を割ってみると、穿孔を確認できる。

上から時計回りに　／雪は見慣れた景色を一新してくれる。　／赤い実をつけたセンリョウ。　／ハーブのヘザー。英国の山を歩いたとき、野生のヘザーをよく見かけた。

18年前、結婚したばかりの僕らは京都市内の借家で暮らしていた。妊娠して大きなお腹のベニシアは「薪ストーブが欲しいね。炎をゆっくり見ながら、お腹の赤ちゃんの成長を楽しみたいね」と話していた。

住んでいた借家は比叡山から南に延びる尾根の麓にあり、山の雑木林と家の庭はつながっていた。薪にする枝は、おそらくこの裏山で集めることができるだろう。また、僕たちの結婚を祝って、友人たちが斧とチェーンソーをプレゼントしてくれていた。ないものは、肝心な薪ストーブだけである。

欧米の薪ストーブはかなり良さそうだが高価である。安いという理由だけで、僕は中国製ダルマストーブに決めた。煙突などすべて含めてたしか5万円ぐらいだったはずだ。ダルマストーブは、あまり重くなかったので一人で車に積み込んだ。帰宅した僕は、さっそく煙突の排気口を部屋上部の窓から外へ出して、ストーブ本体につないでみた。

ストーブを設置すると、僕は裏山へ登って薪になる枯れ枝を集めてきた。果たして、ちゃんと燃えてくれるであろうか？　ダルマストーブの中に小枝を入れて、祈るような気持ちで火を付けてみた。小枝はまず白い煙を出し、僕はちょっと不安になったが、そのうちオレンジ色の炎を出してメラメラと燃えだした。心配そうに見ていたベニシアと顔を見合わせて、初点火を喜んだ。

こうして薪ストーブのある生活が始まったが、僕たちを警戒する近所の人々の声が少しずつ聞こえるようにもなった。裏山とはいえ、他人の山に入って薪を集めることへの非難。また、チェーンソーの音がうるさいとか、火災を起こしたらどうするのかといった声も。僕たちが家の持ち主ではなく、借家の住人だからそう言われたのかもしれない。

そんな声を聞きながらも、僕たちは毎晩薪ストーブに火を入れた。出産当日の夜もそうである。「今晩、生まれるかもよ！」と彼女が言うので慌ててタクシーを呼び、僕たちは産婦人科に向かった。明け方、無事に分娩室で息子の悠仁が生まれた。それから2年半が流れ、僕たちは今の家へ引っ越した。山に囲まれたこ

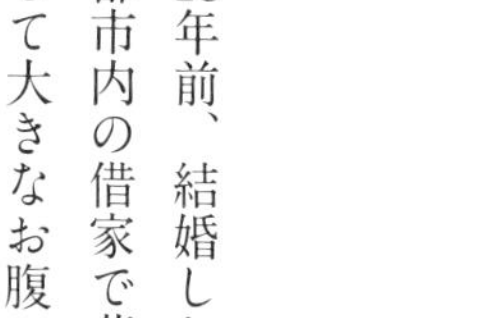

九州育ちの僕は、雪が降ると嬉しくなる。

左／初代の中国製ダルマストーブ。今は玄関のデコレーションの役に。　左上／二代目は台湾製。写真スタジオ兼作業場の土間に設置している。左上の英国製物干しは、天井から吊って、いつでも高さを自在に調整できるすぐれもの。　右上／現在、ダイニング・キッチンで使っている三代目の薪ストーブも中国製だ。

かじやま・ただし

1959年長崎県生まれ。写真家。山岳写真など、自然の風景を主なテーマに撮影している。登山ガイドブックほか共著多数。84年のヒマラヤ登山の後、自分の生き方を探すためにインドを放浪し、帰国後まもなく、本格的なインド料理レストラン「DiDi」を京都で始める。妻でハーブ研究家のベニシア・スタンリー・スミスさんとはレストランのお客として知り合い、92年に結婚した。

こ大原では、チェーンソーや薪ストーブに対する警戒の声は聞かれない。

ナラ枯れは人災

薪ストーブを使うために最も大切な仕事は、まず薪を確保することだろう。商品になった薪が売られてはいるが、自分の力で木を集めて薪を割ることに僕はこだわりたい。薪となる木と関わり、その木が育つ森を見るうちに、自然や環境についてちょっと考える機会を得ることもある。

今年の5月、近くで山仕事をやっている後藤君から電話を貰った。「ナラ枯れしたミズナラを伐採するけど、薪にしたいなら取りに来ませんか?」と。今、京都近郊の山の森では、ミズナラ、コナラ、カシ、シイなどのブナ科の樹木が、ナラ枯れという病気にやられて大量に枯死している。そんな病気の木を薪にしてもいいのだろうかと思ったので調べてみた。

ナラ枯れとは、ラファエレア菌というカビの一種によって起きる枯死である。まず、カシノナガキクイムシという体長5ミリほどの甲虫が、ナラ科の樹木の幹の内部に坑道を掘り進める。やって来るカシノナガキクイムシの数は大量なので、坑道の数も当然多い。カシノナガキクイムシの幼虫はラファエレア菌を食べて生きるので、成虫の雌は坑道内にラファエレア菌を運び込み繁殖させる。ラファエレア菌が繁殖した樹木は水を吸い上げることが困難になり、2カ月ほどで枯死してしまうという。

1960年頃までの里山の森は、薪や炭、椎茸のほだ木などの採取地であり、森はよく手入れされていた。ところが、その後の燃料革命で里山の森は放置されるようになり樹木は高齢化して、カシノナガキクイムシが繁殖しやすい環境に変わっていった。今日では、高齢化した木を切って森の手入れをすることにより、森は活性化、若年化するので、ナラ枯れを防ぐことにつながると言われている。

ナラ枯れ現象は1年で4キロペースの速度で広がりつつある。ナラ枯れした木を、伝染範囲外に持ち出すとナラ枯れを広める恐れがあるそうだが、範囲内なので僕は貰うことにした。こうしてハイエースにミズナラを6回満載させて、今年1年分の薪を調達することができた。

京都大原の山里に暮らし始めて ⑨

水がうまい大原だが……

1996年に、僕はイギリス人の妻・ベニシアと息子の悠仁《ゆうじん》と３人で、京都大原の山里に引っ越してきました。暮らしながらの民家改修や、ここで経験したこと、考えさせられたことなどを綴っていきます。

写真・文　梶山 正

大原の周りの山々を流れる沢水は、そのまま飲めるほどきれいだ。

近くの野原でマンサクを見つけた。名の由来は春の初めに「まず咲く」から。あるいは、黄色い花が枝いっぱいに咲くことから「豊年満作」を表しているとも言われる。

色とりどりにチューリップが咲く春の裏庭。右奥にある水色の台の下に井戸がある。

京都市街地で暮らしていた頃、僕は喉が渇くとお茶やコーヒーばかりを飲んでいた。ミネラルウォーターを買う習慣はなかったし、水道水はカルキ臭いから飲まなかった。ところが、大原で僕は水道の生水をよく飲んでいる。ここの水道水がうまいからだろうか？

京都市の水道水の原水のほとんどが、疏水を流れてきた琵琶湖の水だ。琵琶湖の水はきれいに見えるが、湖に溜まった水なので、それなりの消毒が必要なのであろう。いっぽう、大原の水道水の原水は地下水だ。緑濃い大原の山の地下水だから、水がうまいにちがいない。

「イギリス人のベニシアさんは汲み取り式の便所で大丈夫ですか？　あと2～3年で、大原にも下水道ができるから、しばらく辛抱してや」。住み始めて間もない頃、隣のご主人が話しかけてきた。ベニシアも僕も、インドやネパールの山奥を歩き回った経験などあるので、水洗便所がないことなどそれほど気にしない。

それよりも、食器洗いや洗濯に使った泡だらけの排水が、側溝を伝って向かいの田んぼに流れて行くのを見てびっくりした。やがてその排水は高野川へと流れて行くのだ。環境のことを気にしているつもりの自分が、源流に近い川を汚しているという現実を知った。数日前まではきれいだと思っていた高野川で、息子の悠仁を水遊びさせていたのに。

大原の水道（大原簡易水道）は民営で、上水道だけで下水道がない。それで、浄化槽を家に設置することが望ましいとされているが、高額な負担金が各家庭にかかることになる。近いうちに下水道ができるなら、そのとき家庭排水の問題は、きっと解

4月下旬になると満開の桜の花が高野川の川岸を飾る。

我が家の庭で最初に春を告げるのが、梅の花と細かな黄色い花をたくさん咲かすミモザだ。

上から時計回りに　／大きな食器箪笥や古家具でつくった棚が並ぶキッチン。／モザイクで飾った井戸の壁はベニシア作。／蛇口をひねると勢いよく、冷たい井戸水が流れる。

決されることになるだろう。

我が家には水道の蛇口が3カ所しかなかったが、裏庭には井戸があった。そこでポンプと水道管などを買って、井戸水が出る蛇口を家の中に据え付けた。学生時代に水道配管工事のバイトをやっていたので、自分で配管することができた。上水道に加え井戸水の蛇口も増やしたので、ぐっと生活しやすくなった。

同じ町内の平山さんに井戸底の掃除をお願いした。

ずっと、待ち続けている下水

早いもので、ここで暮らし始めたとき保育園に通っていた悠仁はもう大学生になる。かれこれ16年が過ぎたわけだが、いまだ大原に下水道がやって来ない。京都は国際文化観光都市と言われ、2003年には世界の水問題について世界各国の人々が話し合う、第3回世界水フォーラムが国立京都国際会館で行われている。大原は辺境のド田舎ではなく、国際的都市の一地区でもあるのに、どうして下水道のような大切なものが設置されないのであろうか。

昨2011年より、大原簡易水道は京都市上下水道に組み込まれた。京都市の下水道料金は上水道使用量に対して金額が決まり、上下水道料金を利用者は水道局に払うことになっている。大原簡易水道が京都市上下水道に変わったということは、まもなく僕たち大原の住人が下水道を使えるようになるということであろう。実際、いま大原のあちこちで下水管を埋める工事が行われている。

ずっと待ち続けた下水道が来るのは楽しみだ。これで大原を流れる小川や高野川が、いまよりもきれいになるはずだ。僕は期待している。子どもたちが安心して水遊びできる川の水に変わって行くことを。

かじやま・ただし

1959年長崎県生まれ。写真家。山岳写真など、自然の風景を主なテーマに撮影している。登山ガイドブックほか共著多数。84年のヒマラヤ登山の後、自分の生き方を探すためにインドを放浪し、帰国後まもなく、本格的なインド料理レストラン「DiDi」を京都で始める。妻でハーブ研究家のベニシア・スタンリー・スミスさんとはレストランのお客として知り合い、92年に結婚した。

京都大原の山里に暮らし始めて 10

大原の山に咲くクリンソウ。

気になっていた屋根と瓦

1996年に、僕はイギリス人の妻・ベニシアと息子の悠仁《ゆうじん》と３人で、京都大原の山里に引っ越してきました。暮らしながらの民家改修や、ここで経験したこと、考えさせせられたことなどを綴っていきます。

写真・文　梶山 正

近所の森で銀竜草（ギンリョウソウ）を見つけた。白衣をまとった怪しげな姿から幽霊茸（ユウレイタケ）とも呼ばれている。

大原北部にある皆子山は京都府でいちばん高い山だ。ある梅雨の晴れ間の日に、山の北面を流れる足尾谷を歩いてみた。若葉がキラキラと水面に反射して爽やかな光景を見せていた。

右上から時計回りに　／古い瓦を外した屋根に、新しい野地板と防水紙を張る。その上に桟木を付けて、瓦を載せて固定するといった流れだ。　／軒先に取り付ける広小舞を持って屋根に立つ和典さん。橋本さんの長男である。　／昔は土葺きだったが、25年ほど前から徐々に桟葺きとなり、現在は90%以上が桟葺きに代わったそうだ。　／約100年の間、家を守ってくれた瓦に、感謝の気持ちをこめて別れを告げた。

いま暮らしている家に最初に出会ったのは16年前。家の購入手続きなどを始めるまでの間、僕たち夫婦は家を眺めに何度か大原を訪れた。その家をとても気に入った。とはいえ、かなり古い。最も心配なのは屋根である。はたして数十年後も、僕たち夫婦がここに住んでいられるほど屋根は保つのだろうか。

「屋根が波打っているように見えるけど、大丈夫なんですか？」

ご近所さんから僕の不安を煽るような言葉もいただいた。そこで瓦葺き職人の友人に相談してみた。

「けっこう古いならば、ほとんどの家の屋根が真っ直ぐではなく、波打っているもんだよ」

雨漏りしているようなところが数カ所あったが、売り主は修理して明け渡すと言う。売り主や近所のお年寄りに、この家の年数を尋ねると「おそらく80年ぐらいかなあ。よくわからないなあ」ということであった。

なんとか家を購入して住み始めて判ったが、4カ所ほど雨漏りが続いていた。僕は屋根に上って瓦のズレを修正し、瓦と瓦を引っ付ける接着剤などを使って簡略な修理を試みる。しばらくの間は雨漏りが止まるのだが……。年に数回、山から野生猿たちがやって来て近所の畑を食い荒らす。それから我が家の屋根にも登って満足そうに収穫物を食べるのだ。猿たちは屋根の上を走り回るので瓦はズレてしまう。その度に僕は瓦の修理に追われていた。

また、冬が近づくと天井裏にイタチが住み着いた。それで僕は、罠付き檻を手に入れて奴らを捕獲しようとする。なんとか臭いイタチを捕らえると、車に積んで離れた山中に放しに行った。ところが毎年のように同じことが繰り返されるのである。まさにこれはイタチごっこであった。

隣の屋根の上で、畑からの収穫物を頬張る野生の猿たち。／我が家の天井裏に住み着いていたイタチ。

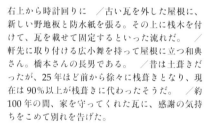

屋根瓦葺き替えを工務店に依頼

4年前の大原盆踊り大会で、ベニシアは会場で運営の手伝いをしていた橋本勝三《しょうぞう》さんと知り合った。彼の次男はレストランをやっているそうだ。数日後にそのレストランを訪ねた僕たちは、おいしい料理にとても満足した。それだけでなく、店の落ち着いた雰囲気もいいなと思った。フランス料理レストランだが、お店は伝統的な和風建築。大工である父親の橋本さんが造ったそうだ。

ずっと気になっていたことだが、我が家の屋根の隅木《すみぎ》が一カ所腐っていた。隅木とは屋根と屋根の尾根や谷部分を支える角材のことだ。屋根の継ぎ目である谷部分に設置されている銅製の樋が腐食して、そこから雨水が染みこんで長い間に隅木が腐っていたのだ。橋本さんを知ったことで、この隅木の修理を彼に頼みたいと思った。無垢材を使った昔ながらの木の家づくりにこだわっているということなので、きっとうまく直してくれるはずだ。

左上／瓦葺き替えが終わって嬉しそうなベニシア。　上／以前の鬼瓦は庭を飾るオブジェと代わって、第二の人生が始まった。

橋本勝《はしもとかつ》工務店が我が家に来てくれたのは、2010年の秋であった。まず、橋本さんたちは屋根瓦をめくってみた。すると問題の隅木だけでなく、そこら一帯の垂木《たるき》や野地板も替えなければならない状態であった。その日は暗くなるまで工事が続いた。

数日後、橋本さんは屋根の状態を説明しに来てくれた。「予想以上に傷んでましたよ。無理は言いませんが、この機会に屋根の他の箇所もチェックした方がいいと思いますよ」

かなりやばい状態の部分が、屋根の一部にあることを僕もわかっていた。これは猿たちの瓦ズラシを修理するうちに気づかされたことだ。橋本さんの屋根チェックによると、今すぐに葺き替えなくても、いずれ近いうちにやる方がいいということであった。

「予算の都合で一度に屋根全面やるのではなく、数回に分けて工事を依頼する人が多いですよ」とも話してくれたが、どうせやるなら一度に全面お願いすることにした。瓦だけでなく、屋根の基盤をつくる木材を全て替えることもすすめられたが、予算の関係で屋根小舞《こまい》と野地板だけにする。とはいえ、もしも傷みが激しいならば、それに応じて急きょ隅木や垂木も替えるということにする。瓦は、ちょっと高いが寒さに強く長持ちし、また大原の家のつくりに合った大和瓦のいぶし瓦をすすめられた。

2011年3月に屋根瓦葺き替え工事は始まった。大工さんが4人、葺き替え職人は3人、それに板金屋さんが2人、1カ月半の間、我が家の屋根のために来てくれた。心配していた状態の一帯は、シロアリの巣になっていた。思い切って工事を頼んで良かったと思う。ゴールデンウィーク前に工事は無事終了した。屋根瓦を葺き替えたことで、おそらくこの家はあと100年ぐらい、がんばってくれることだろう。僕も家に負けないよう長生きしたいものだ。

かじやま・ただし

1959年長崎県生まれ。写真家。山岳写真など、自然の風景を主なテーマに撮影している。登山ガイドブックほか共著多数。84年のヒマラヤ登山の後、自分の生き方を探すためにインドを放浪し、帰国後まもなく、本格的なインド料理レストラン「DiDi」を京都で始める。妻でハーブ研究家のベニシア・スタンリー・スミスさんとはレストランのお客として知り合い、92年に結婚した。

京都大原の山里に暮らし始めて

僕は1996年に、イギリス人の妻・ベニシアと息子の悠仁と3人で、京都大原の山里に引っ越してきました。暮らしながらの民家改修や、ここで経験したこと、考えさせられたことなどを綴っていきます。

写真と文　梶山 正

梶山 正

かじやま・ただし／1959年長崎県生まれ。写真家。山岳写真など、自然の風景を主なテーマに撮影している。登山ガイドブックほか共著多数。84年のヒマラヤ登山の後、自分の生き方を探すためにインドを放浪し、帰国後まもなく、本格的なインド料理レストラン「DiDi」を京都で始める。妻でハーブ研究家のベニシア・スタンリー・スミスさんとはレストランのお客として知り合い、92年に結婚した。

11

左頁／山歩きが好きだ。昨年11月21日、京都北山の稜線を僕は一人で歩いていた。ふと枯れたナラの幹を見るとナメコのような茸。八百屋で売っているナメコと比べると4倍ぐらい大きい。試しに一つ口に入れてみた。ヌルヌルした食感はまさにナメコだ。この日はたくさんのナメコと出会い、それからの数日間は毎日ナメコ汁を楽しんだ。
本頁上／美しい紫色の実をつけたムラサキシキブ。　本頁下／色づいたモミジが、大原を南北に流れる高野川岸を飾っていた。

これまでと違う目で我が家の庭が見える

この原稿を書いている今は、2週間のイギリス滞在から帰国したばかりだ。旅の疲れと興奮がまだ続いている。イギリスへは、ベニシアと結婚したばかりの20年ほど前に3回ほど彼女の家族を訪ねに行ったが、それから長い間行かなかった。

僕は英語がへたくそだ。僕の英語力は、若い頃インドで貧乏旅行をしながら身につけたかなりブロークンなものである。ベニシアの家族は英語しか話せない。イギリスにしばらく滞在するうちに、つたない会話を毎日続けることに僕は気が引けてしまい、できるだけ会話を避けたいと思うようになっていた。そんな僕の相手をしてくれたのは、子どもたちと犬。彼らとは会話がなくても遊べるのがいい。その後は、ベニシアが渡英するときでも僕は行かなかった。ところが、昨年に引き続き今年もイギリスでの仕事が入ってしまった。

その仕事とは田舎暮らしの工芸家たちを訪ねて、制作の様子と作品を写真撮影することであった。昨年同行した編集者は米国と英国留学が長かった人で英語ペラペラ。

そんな人と一緒にいるとへたな英語を話す機会はあまりない。ところが、今年は編集者が変わり、僕は自分で英語を話さなくてはならない状況であった。工芸家たちはブロークンな英語を聞いてもきちんと話してくれたので、僕は嬉しかった。

工芸家の田舎暮らしの生活は、僕の生活の参考になるところが多く興味深いものであった。帰国後、イギリスでの体験や感じたことをベニシアに話すと、長年続いた僕のイギリスビビリが治ったと喜んでくれた。

6年かけて六つの庭をつくる

68号で書いた庭づくりの話の続きをしよう。僕が基礎土木工事をやり終えると、次はベニシアが作庭作業にかかる。そんなペースで40坪ある庭を六つの小さな区画に分けて、1年ごとに新たな庭をつくっていった。やっていくうちに、ベニシアはそれぞれの区画ごとに庭のテーマを決め、名前を付けた。玄関前の「ポーチガーデン」。元々あった「日本風の庭」。ベニシアが幼少期から憧れていた「英国風コテージガーデン」。大きな木々が並ぶ「フォレストガーデン」。スペインのパティオをイメージした「スパニッシュガーデン」。テーブルを囲んでゆっくりワインを楽しむ「ワイン色の庭」などだ。

庭のつくり手の考えは、庭にも表れていくようだ。たとえば「ポーチガーデン」は日当たりが良く水はけがいいので地中海性のハーブをたくさん植えていた。それで後に「地中海の庭」と改名。それはやがて「ビーガーデン」へと変わっていく。近年ミツバチが世界的に減少しているという現実をベニシアは知って憂慮し、ミツバチが好む植物たちをそこに植えていったことによる。

六つに分けた庭の境は、垣根や大きな植木鉢に植えた植物などを置いて区切っている。垣根や家、石垣の壁面は蔓植物を這わせている。玄関前のテラスにはフジとホップ。家の壁面にはツクシイバラとモッコウバラ、ハニーサックル、それに数種のツタ類。ワイン色の庭とスパニッシュガーデンの間の垣根にはノウゼンカズラ、庭のあちこちにある灌木類にはクレマチスを這わせている。

こういった蔓植物が伸びるに任せていると、近くの木や電線などにからみつくので、僕は鬱陶しく感じてベニシアに苦情を言ったりもした。伸びていく方向を変えようと、成長して樹木の幹のように硬くなりつつある蔓を違う方向に紐でくくって矯正させようとし、植えて15年ほど経つフジとノウゼンカズラを僕は枯らせてしまった。蔓植物の茎はしなやかだが、強引な矯正は植物の命を奪いかねない。

今回、イギリスの庭で蔓植物が多く植えられているのを見て、ベニシアが蔓植物を好んで異常なほどたくさん植えているのではなく、あれがイギリスでは一般的なことなのだと知った。また、古くなって底に穴があいた手押し一輪車をベニシアは植木鉢として使っている。僕はそれを変だと思っていたが、イギリスの工芸家が同じことをやっていたのには笑ってしまった。その人が住む家は１５９８年築と聞かされ、また周りには同じような古民家がいくつもあることに感心させられる。大原の我が家は築１００年の古民家だと僕は誇らしく思っていたが、築４００年以上の家と比べるとまるで子どものような存在ではなかろうか。

我が家の庭が最も美しくなるのは、5月下旬から梅雨前の6月中旬頃。ジギタリス、デルフィニウム、クレマチス、ナデシコたちが、休む間もなく次々に花を咲かせる。

左／クレマチスの名はギリシャ語の蔓（クレマ）に由来している。花を咲かせた後は、種子ができる様子も楽しめる。　下／家の壁面から軒先に蔓を伸ばしたモッコウバラ。強くて育てやすい中国原産のバラだ。

上／ベニシアは古くなった手押し車を植木鉢として再利用。この中にキッチンハーブを育てている。　下／玄関前に這わせたホップとフジが夏の間、涼しいテラスをつくってくれる。　右頁上／白や紫の美しい花を咲かせるクレマチス。花に見えているのは、実は、花びらでなく「がく片」が色づいたもの。　右頁下／スパニッシュガーデンに面した壁に這わせたツクシイバラは南九州原産のノイバラだ。希少種ということで大切に育てている。

京都大原の山里に暮らし始めて

12

僕は１９９６年に、イギリス人の妻・ベニシアと息子の悠仁と３人で、京都大原の山里に引っ越してきました。暮らしながらの民家改修や、ここで経験したこと、考えさせられたことなどを綴っていきます。

写真と文　梶山 正

梶山 正

かじやま・ただし／1959年長崎県生まれ。写真家。山岳写真など、自然の風景を主なテーマに撮影している。登山ガイドブックほか共著多数。84年のヒマラヤ登山の後、自分の生き方を探すためにインドを放浪し、帰国後まもなく、本格的なインド料理レストラン「DiDi」を京都で始める。妻でハーブ研究家のベニシア・スタンリー・スミスさんとはレストランのお客として知り合い、92年に結婚した。

上／まだ寒いが、ユキヤナギの花芽が春を告げている。　下／京都北山北部、中央分水嶺山地の麓の山村を訪ねるため、雪降る針畑川上流をめざした。薪ストーブの炎と笑顔の友人が、冷えた僕たちを暖かく迎えてくれた。　左ページ／寒さが続く2月中旬、標高1214mの武奈ヶ岳を登った。我が家から登山口の坊村へ車で30分の、近場でいちばん高い山だ。雪を踏みしめて頂上に近づくにつれ、霧氷の森が広がっていた。

炎が心とお腹を満たしてくれる

小学校1年生の頃に僕はマッチで火を点けることを覚えた。おそらく誰もがそうだと思う。火を見るとドキドキと興奮したものだ。

ある日、自分でロウソクを灯してみたいと思った。台風で停電するときに灯す、ロウソクの炎にワクワクしていたからだ。母親に見つからないように、あまり使われていない部屋に忍び込み、足踏みミシン台の上にロウソクを立てようと思った。炎を灯すことはできたが、細く不安定なロウソクはすぐに倒れてしまった。倒れないようにロウを垂らして立てることをまだ知らなかったのだ。

しばらくして、ミシン台の上に置かれていた綿入り袢纏の辺りから、かすかに煙が出ていることに気がついた。僕はあわてて水を汲みに洗面所へと焦った。ところが、モクモクと煙は収まらない。そのうち、異変に気づいた母親が、あっという間に火を消してしまった。

中学生のある時、原始人のような洞窟生活を体験してみたいと思った。インスタントラーメンと鍋を家から持ち出して、近くの森の防空壕の中で火を焚いてラーメンをつくってみようとがんばった。ところが、小枝や落ち葉の煙に燻されてしまい、洞窟生活の苦労の一端を経験させられることになった。

灯油コンロの思い出

そんな、ばかなことを続けているうちに、僕は高校生になった。本格的に登山をやってみたかったので、入学後すぐに山岳部に入部した。そこで最初に教えてもらったことは、スベアというスウェーデン製灯油コンロに火を点けて、コーヒーを沸かすことであった。スベアを正しく作動させるには、ちょっとしたコツが必要だ。うまく燃えれば「ゴーッ!」と気持ちいい音が響く。しかし、失敗すれば灯油が吹き出すか、生ガスに火が着いて大きな炎が燃え上がる。だんだん僕はスベアを使いこなせるようになり、山でおいしいご飯を炊けるぐらいに成長した。

23歳のときインドを旅行した。現地の人々はスベアに似たインド製灯油コンロを日常生活で使っていた。

僕は久しぶりに灯油コンロの勇ましい音を聞いて、それを買うことにする。日本食に飢えていたので、灯油コンロを手に入れたばかりの頃は、当然日本食ばかりをつくった。そのうち、スパイスを使うことに興味を覚えた僕は、店の人に聞きながらスパイスを買いそろえていった。露店でカレーをつくる食堂の料理人の手元を眺めたり、料理本を買って自分でつくって試すうちに、ゆっくりと少しずつだがカレーづくりを、旅を続けながら覚えていった。僕はインド料理店を京都でやっているが、そのときの経験が役に立ったと思っている。

さて、昔の話はここまでにして、我が家の薪ストーブについて一言。今使っている薪ストーブは、10年ほど前に見つけたものである。

小さいものは薪があまり入らないし大きいと重い。移動する必要があるときに一人でも運べる重さということで、中型サイズを選んだ。煙突を通すために家の壁に穴を開けたり、ストーブ周辺の床や壁を断熱防火素材に変えるなど、素人の自分たち家族だけで設置するのに3日間ほどかかっただろうか。

我が家では11月から4月初旬頃まで、毎日ストーブに火を入れている。部屋を暖めることに関して言えば、今のストーブに満足している。ところが、調理に使うとなればどうも今の機種ではやりにくい。炉室が狭く、バッフル（燃焼効率を良くする板）が炉室の上部に付いているので、ストーブトップがあまり熱くならないのだ。そのうち、新たにストーブを手に入れる機会があるなら、シチューを長時間コトコト煮たり、クッキングスタンドを炉室の中に入れてフライパンや網で焼く料理ができるような、調理に特化したタイプがいいと思っている。

薪ストーブの後ろに付ける断熱防火壁をつくるベニシア。スペイン製のタイルを並べて、白セメントで固めた。

2月中旬、雪化粧をした我が家。

上／無事に薪ストーブを設置することができた。ストーブの前に自然と家族が集まるようになった。　左中／薪の炎を見ながらワインを飲むとおいしくて、ついつい量が増えてしまう。　左下／薪割りはストレスおよび運動不足解消にいい。孫の浄（じょう）もときどき挑戦する。
右ページ上／高校時代より慣れ親しんだ灯油コンロ。　下／薪ストーブの煙突は、キッチンから吹き抜けの土間上部に延ばして、屋外に出している。

京都大原の山里に暮らし始めて

僕は1996年に、イギリス人の妻・ベニシアと息子の悠仁と3人で、京都大原の山里に引っ越してきました。暮らしながらの民家改修や、ここで経験したこと、考えさせられたことなどを綴っていきます。

写真と文　**梶山正**

13

かじやま・ただし／1959年長崎県生まれ。写真家。山岳写真など、自然の風景を主なテーマに撮影している。登山ガイドブックほか共著多数。84年のヒマラヤ登山の後、自分の生き方を探すためにインドを放浪し、帰国後まもなく、本格的なインド料理レストラン「DiDi」を京都で始める。妻でハーブ研究家のベニシア・スタンリー・スミスさんとはレストランのお客として知り合い、92年に結婚した。

上／大原の山麓に咲くカタクリ。井出町に住むあるおばあさんが、裏山から自宅の裏庭に続く斜面に育つカタクリを長年守ってきたおかげで、毎年4月中旬になると美しい花が見られる。　下／お漬け物になる菜の花。春の大原はさまざまな花の色で鮮やかに染まる。
左ページ／大原で最も桜が美しいところは、花尻橋から高野川に沿って北へ約500mの区間だ。山桜の古木の並木道が川の右岸沿いに続く。例年4月の第３週目に見頃を迎える。

江文神社への初詣と長寿のお祝い

「正月は宗像《むなかた》に帰って来るように！」年末に九州の父から手紙を受け取った。数カ月前に父は膿胸を患っていた。これまで、あまり病気などしたことがない父にとって、1カ月半の入院生活は辛かったようだ。僕は4人きょうだいの長男である。姉は両親に八十歳の傘寿《さんじゅ》祝いをしてあげようと、正月4日にきょうだい全員で宗像に集まろうと声をかけてくれた。

ベニシアは年末に3日間入院した。忙しい毎日なので、年末しか入院の日程を空けられなかったのだ。持病の血栓で悪くなっていた左足の静脈を糸で結ぶ手術をやってもらったのだ。退院後3日目の正月の朝、ベニシアと孫の浄と僕は、大原八カ町の産土神《うぶすな》を祀る江文《えふみ》神社へ初詣に向かった。神社への登り坂をゆっくりと上ったが、ベニシアは手術した左足が痛むようだ。

年始のお参りを済ませて中央の広場に下り御神酒をいただく。拝殿と本殿の間で焚き火に10人ぐらいが集まって暖を取っていた。僕たちもそこに加わる。初詣の人々が次々にやって来ては、焚き火の輪に入る。狭い大原なので顔見知りばかりで、ローカルな話題の会話がはずむ。

老朽化していた拝殿は、昨年建て替えられ、今は木の香りがするほど新しい。昔は節分の夜にこの拝殿に村の男女が集まり、一夜を明かす風習があったそうだ。その昔、蛇井出《じゃいで》（僕が住む井出町のこと）の大淵という池に大蛇が棲み、村人に危害を与えるので、村人たちは1カ所に集まって大蛇から逃れた。それがいつしか、村人たちは節分の夜になると江文神社の拝殿へ集まり、一夜を明かすようになったという。井原西鶴の『好色一代男』の中に「大原雑魚寝」という話があり、そのことが書かれている。しかしこの風習は風紀上いかがわしいということで、明治には禁止されたそうだ。

大原には、こんな伝説もある。昔、おつうという娘が住んでいた。ある日、若狭の殿様に見初められ、殿様のそばで暮らすことになった。しかし、おつうが病に伏すと殿様の熱も冷めてしまい、彼女は大原に帰された。悲しみのあまりおつうは高野川に身を投じる。すると、美しい彼女は大蛇に変わった。ある日、都入りする若狭の殿様の行列が花尻橋を通りかかったところ、大蛇が襲いかかろうとした。ところが、家来によってその大蛇は斬り殺されてしまう。その夜から大原は激しい雷雨に見舞われた。恐れた大原の村人たちは、大蛇の頭を乙《おつう》が森に、尻尾を花尻の森に、胴体を西之村霊神之碑のある所に埋めて霊を鎮めたという。

おつう伝説の大蛇と大原雑魚寝の大蛇は関係あるのだろうか？　日本各地の大蛇や龍などの伝説は、その地の川や水の神様との関係が深いと聞く。おそらく、昔から氾濫が多かった高野川を恐れるうちに、出来上がった伝説なのであろう。

江文神社拝殿内部の壁には、「桝かき」という絵馬のようなものがたくさん掛けられている。その桝かきにはどれも「祝八十八歳」の文字と人の名前が記されている。米寿の祝いに奉納されるのだ。米の字は八、十、八と分解できるので、88歳のお祝いに米が使われるようになったという。桝と斗棒は米を量る道具なので、米寿の祝いに桝かきを奉納するという訳も理解できる。

正月3日目の朝、僕と悠仁は京都から車を走らせて宗像に向かった。手術後で安静にすべきベニシアは、大原でゆっくりすると言う。

宗像の新興住宅地に銀行員の父が土地を買い、家を建てたのは今から約40年前。自由ヶ丘という今風の名前のベッドタウンである。当時、近所の住人は、都市部で働く30代半ばから40代半ばのサラリーマンと学校に通う子どもたちが多かった。学校を卒業して勤めに出た子どもたちの多くは、この町に戻って来ていない。現在、近所の住人は、僕の親のように高齢者ばかりだ。町は山野を切り開いて造られた分譲地なので坂道ばかり。それで道を歩く人々がほとんどいない。買い物などの用事はすべて車を使っている。僕たちがそこに

上左から　／江文神社へ初詣。大きな杉の木のある階段を上って拝殿の向こうにある本殿をめざす。　／新年の無事と平安を祈願する。　／拝殿に並ぶ米寿祝いの桝かき。　下／元々、江文神社は江文山（現在の金毘羅山）頂上近くの朝日が最初に当たるところにあったそうだ。焚き火に手をかざすベニシアと浄。　右ページ／床の間と仏壇が並んだ我が家の客間。

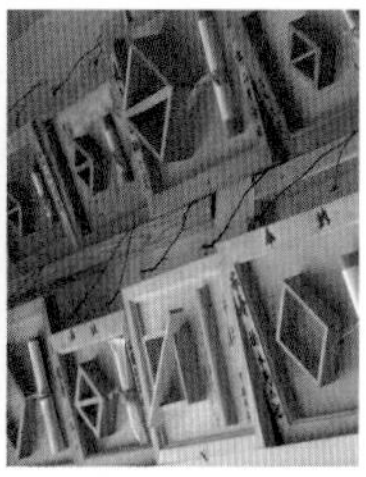

着いたのは夜8時頃だったが、町は静まりかえり、空き家が多いせいか家の灯りも少なかった。
　翌日は両親の傘寿祝いをした。久しぶりに家族が顔を合わせることができて、両親は喜んでいた。高齢になる両親のことは長男の僕が中心に、きょうだい皆で考えていかなければ……。次は米寿祝いができるよう両親の元気を祈りつつ、帰路へついた。
　大原も僕の両親が住む町のように高齢者が多いが、人と町の活気はずっとあると思った。散歩の途中で立ち話するおじいちゃんやおばあちゃんの姿などよく見かける。町内の池田おばあちゃんは、毎日のように大原の老人ホームに通っている。彼女はそこの利用者ではなく仕事をしに通っているのだ。とても90歳を過ぎているとは思えない。また、大原に戻ってくる若い夫婦も少なくないようだ。最近、道端で元気に遊ぶ子どもたちのにぎやかな声が増えている。

上／大蛇に変わったおつうの尻尾が埋められたとされる花尻の森。ここは山椿の名所。　右下／江文神社から流れる宮川沿いの西之村霊神之碑。ここに胴体が埋められたという。　左下／頭が埋められた草尾（くさお）の乙が森。

京都大原の山里に暮らし始めて

僕は1996年に、イギリス人の妻・ベニシアと息子の悠仁と3人で、京都大原の山里に引っ越してきました。暮らしながらの民家改修や、ここで経験したこと、考えさせられたことなどを綴っていきます。

写真と文　梶山 正

14

かじやま・ただし／1959年長崎県生まれ。写真家。山岳写真など、自然の風景を主なテーマに撮影している。登山ガイドブックほか共著多数。84年のヒマラヤ登山の後、自分の生き方を探すためにインドを放浪し、帰国後まもなく、本格的なインド料理レストラン「DiDi」を京都で始める。妻でハーブ研究家のベニシア・スタンリー・スミスさんとはレストランのお客として知り合い、92年に結婚した。

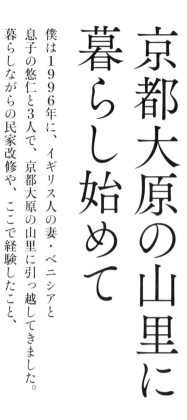

呂川（りょせん）の清流。三千院のすぐ南を流れる。　右ページ上２点／律川（りっせん）上流で見つけた釣舟草とミヤマクワガタ。　右ページ下／金毘羅山から眺めた大原。中央部を左から右に高野川が流れる。左端のなだらかな山が梶山で、その右下に魚山がある。右の大きな三角形の山は水井山。その右横が横高山。横高山の奥は比叡山横川に続く。

「梶山」という名の山の話

僕はベニシアと一緒によく近所を散歩する。ここ大原は散歩する場所に恵まれている。これまで何気なしに歩いた場所が、歴史や文化と関わる興味深いところだったと、後でわかったことが幾度かあった。

魚山《ぎょざん》は日本の声明《しょうみょう》発祥地と言われている。魚山とは大原三千院などの寺の山号。また声明とは仏典に節《ふし》をつけた仏教音楽の一つだ。平安時代前期、中国魚山で14年間修行した慈覚大使円仁《えんにん》により声明の道場として来迎院《らいこういん》が創建された。その後しばらく衰えるが、1109年に良忍《りょうにん》上人が来迎院を再興させる。魚山背後にある律川《りっせん》の滝の前で良忍上人が声明を唱えていると、滝の音と声明が融合して滝の音が消えた。それから、その滝は「音無《おとなし》の滝」と呼ばれるようになったそうだ。

律川のすぐ南を呂川《りょせん》が流れ、魚山は二つの川の間に位置する。呂川と律川の名は、声明の旋法にちなんで名付けられた。調子はずれを「呂律《ろれつ》が回らない」という言い回しは、ここ魚山で始まったとされる。このようなことを知る前は、僕にとってそれらは、ただの小川であり小さな滝にすぎなかった。

さて、今回は音無の滝の水源の山の話にも触れたい。三角点がある標高681・4メートルのこの山の名は、僕の姓と同じ「梶山」という。ところが、この山は長い間、国土地理院地形図に「大尾山《おおびやま》」とされていた。また、市販されている地図には「大尾山《たおやま》」「木尾山《きおやま》」「童髯山《どうぜんやま》」「童髪山《どうはつやま》」「南庄越《みなみしょうごえ》」と多くの名前が登場する。どうも〝わけあり〟の山のようだ。

僕は2002年より『京都北山』（昭文社 山と高原地図）の登山地図をつくる仕事に関わるようになった。ある日、『京都北山』地図の読者で、学校教諭をされている柴田昭彦氏から手紙を受け取った。梶山に関する情報は、柴田氏によるものが多いことをここで明記しておく。

山の近江側、伊香立《いかだち》南庄町ではこの山の8合目より上一帯を梶山と呼んでいる。地元の小字《こあざ》名だという。市販されている山の本によると、「それが、何かのミスで『梶』が『木』と『尾』に分解され、『木』が『大』に読み間違えられ（中略）『大尾山』と記載された。地元では訂正を望んでいる。」（近江百山之会編著『近江百山』より抜粋、ナカニシヤ出版）

「南庄越」に関しては、『京都北山』地図作成の前任者による本に次のようにある。「大原と南庄を繋ぐ峠はあった筈であり、私がそれを知らないだけであろう」（金久昌業著『北山の峠』より抜粋、ナカニシヤ出版）、これによると、南庄越のはっきりした位置は不明だと思われる。

「梶」の文字も気になるところである。三千院の名は1871年以降に使われるようになった。それ以前は梶井門跡、梶井御所、梶井宮などと呼ばれていたからだ。

大原側での山の名は、はっきりしない。これについて柴田氏が山の所有者に問い合わせてみると、「音無の滝上流の名前が、来迎院北谷と明治時代の『大原村志』にあるので、『北谷山』としていいのでは？」と。あるいは「三の滝の吉澤の山」とも呼ばれているそうだ。三の滝とは音無の滝の上にある滝で、吉澤とは所有者の名である。とはいえ、そういった山名を大原に住んでいる僕は聞いたことがなかった。

「童髯山」に関しては、昭和9年当時、京都一中の学生だった川喜田二郎氏（文化人類学者）が土地の人に山の名を聞いて、漢字は自分で考案したそうだ。

その情報を盗用したある登山ガイドブックにより、登山の世界では「童髯山」の名が広まってしまった（日本山岳会京都支部編著『山城三十山』、ナカニシヤ出版）。

柴田氏の手紙によると「地名調書記載の訂正について国土地理院に連絡済みなので、いずれ、近いうちに地形図も訂正されることと思います」。氏の地図と登山に対する熱意を感じ、『京都北山』2004年版からその山を「梶山」の名で僕は載せることにした。ところが経緯を知らない人から「勝手に自分の名前を山に付けやがって！」と批難を浴びることにも。現在の国土地理院地形図では、山名が「梶山」に改められている。

話がついつい長くなってしまった。さて、今日はどこを散歩しようか。

我が家のアンティークたち。 上右／蝶の絵が手仕事で刻まれたランプシェード。 上左／大原の古い家には押入がないので、布団箪笥は必需品。上に置いてある衣装箱は葛籠。2年前まで壊れていたが復元。京葛籠師の渡邉豪和さんに修理をお願いした。 下／ダイニングの一角。黒光りした古い板戸が、落ち着きを醸し出している。お気に入りのティーカップと英国製のティーポットカバーや乾燥させているハーブ。左上の銅の鍋はパキスタンのバザールで買ったもの。右ページ／音無の滝の下に立つベニシア。

右上／小さなアンティークのジョウロに生けた和バラ。 右下／毎夕、カエルの合唱がにぎやかに聞こえる我が家。 上右／日本製と外国製、古い物と今の物が混じる、キッチンで活躍する道具たち。上左／古いウイスキー樽を再生した雨水を溜める樽。手動式ポンプで水を汲みだすことができる。

連載・特別拡大版

京都大原の山里に暮らし始めて 15

僕は1996年に、イギリス人の妻・ベニシアと息子の悠仁と3人で、京都大原の山里に引っ越してきました。暮らしながらの民家改修や、ここで経験したこと、考えさせられたことなどを綴っていきます。

写真と文　梶山 正

かじやま・ただし／1959年長崎県生まれ。写真家。山岳写真など、自然の風景を主なテーマに撮影している。登山ガイドブックほか共著多数。84年のヒマラヤ登山の後、自分の生き方を探すためにインドを放浪し、帰国後まもなく、本格的なインド料理レストラン「DiDi」を京都で始める。妻でハーブ研究家のベニシア・スタンリー・スミスさんとはレストランのお客として知り合い、92年に結婚した。

昨年9月に滋賀と岐阜の県境にある伊吹山（1377メートル）に悠仁と登った。庭のような美しいお花畑が山頂一帯に広がる山だ。植物の種類が多く、織田信長が山中に薬草園をつくったと言われている。　上／フジテンニンソウの群落。　下／アキノキリンソウ（黄）、シモツケソウ（赤）、コイブキアザミ（紫）。　左ページ／サラシナショウマの群落。

ハーブ・ガーデンから起きた波

今回は短いけれどいろいろあった我が家の庭の歴史を振り返ってみようと思う。妻のベニシアがハーブ・ガーデンを始めた経緯や、またその庭を通じて僕たちの生活がどう変化したのかを書いてみようと思う。

大原に住み始めて1年ほどで、やるべき主な家の改修工事をやり終えた。始めて間もない僕の本業、写真撮影の仕事は進展していなかったが、趣味の登山は復活していた。

ベニシアはガーデニングを始めようとしていた。打ち込める趣味を探していたようだ。庭がベニシアの趣味で生き甲斐になればいい。僕は自分が中心になって庭仕事をするつもりはなかった。一緒に庭仕事をすると、おそらく僕はベニシアと意見が対立するだろう。それは避けたい。僕には登山があり、山という大きな自然の庭がある。ベニシアにとって我が家の庭が、そんな位置づけになればいいと僕は思っていた。

「どんな庭を作ろうか……」とベニシアが考えていた頃、彼女の友人マーク・ピーター・キーンと奥さんの桃子さんが、我が家のすぐ近くに共同農園を借りて野菜づくりを始めた。彼らは京都市街地に住んでいたが、畑を借りたことで週末にはよく遊びに来るようになった。

その頃、イングリッシュ・ガーデンが日本女性にとってブームとなっていた。当然イギリス人のベニシアは、イングリッシュ・ガーデンをつくるのだろうと僕は思っていた。ある日、マークがベニシアにこんな提案をした。

「ハーブを育てて、ハーブの使い方を人に教えるってどう？」

「でも、私は教えることができるほどハーブに詳しくはないよ」

「西洋人なら子どもの時からハーブを料理などに使っているでしょう。そういう実際の生活に関わるハーブの使い方など、日本の女性は知りたいんじゃない？」

とはいえハーブ・ガーデンをつくるにしても、元からこの庭にある庭木と庭石は、動かさずにそのまま残したほうがいいというマークの意見。

「ハーブや草花だけを植えた庭だと、冬の間にそれらは枯れてしまうでしょう。そうなると庭で冬に見るべきものが無くなってしまう。冬の間、庭木と庭石は庭の重要な視覚的ポイントになるし、この庭をデザインした庭師さんは、ちゃんと考えてそれらを配置しているのだから」

そういう会話を聞いて、僕は正直あまりいい気持ちではなかった。偏狭な思いだが、日本人の僕が日本庭園の見方をアメリカ人から説明されたくなかったのだ。ところが、その後マークの仕事が日本庭園の設計者だと知る。また、日本庭園のデザインと文化的背景を欧米人に向けて説明した書籍『Japanese Garden Design』(96年、英、仏、独で出版）の著者でもあった。つまり、彼は日本庭園の専門家だったわけだ。

ガーデニングコンテストに入賞

マークに従ったわけではないが、ベニシアはいろいろ考えつつ、とにかくハーブを庭に植え始めた。彼女のガーデニング熱はどんどん高まり、6年後の2002年には「NHK 私のアイデア ガーデニング コンテスト」に応募してみた。すると最終選考25の庭に、ベニシアの庭も残っていた。現在彼女はテレビにも出るようになったが、その頃は無名の外人のおばさんにすぎなかった。東京のNHKスタジオへ授賞式に向かうベニシアに、こう言って僕は見送った。

「あまり余計なことを喋らないでね。ニコニコとおとなしく座っていれば、無事に式は終わるでしょう」。

その日の午後、授賞式の様子が生中継され、僕は茶の間でテレビを見ていた。テレビに映し出された最終選考で残った庭はどれも素晴らしく美しいと思った。テレビの画面で映し出されたベニシアは、僕の願いどおり静かに座っていた。数人の審査員たちと選考に残った庭のオーナーとの会話が続く。そのうちベニシアにマイクが向けられた。

「日本に昔からある花を庭に植えたいですね。キキョウやホトトギス、フジバカマやキクなど。日本の花を植えないと、そのうち少しずつ減って、やがて消えていくかもしれません。日本の花を守り土を守るということも、自分の庭をやりながら同時に考えるべきこ

６月中頃になると、庭のツクシイバラの花が満開となる。朝早くからミツバチたちがブンブンと花蜜集めに忙しい。ツクシイバラは九州の野原に咲く野生のバラ。10年以上前に友人から譲り受けたが、今では絶滅危惧種に登録されているそうだ。　右ページ／スパゲティをつくるため、庭のバジルを摘むベニシア。

上／ここ大原はまだ下水がないが、ようやく今年中につながることになった。下水が使えるようになり、今の汲み取り式トイレを水洗に変えたら、トイレ横のここで食事ができるように手を加えるつもりだ。　下右／裏庭でハーブティーのカップを片手に、初夏の花を楽しむ。　下左／大きな植木鉢に植えたモッコウバラを這わせた通路。

上／ポプリをつくろうと、庭に散ったバラの花びらを集めたベニシア。左の黒い手押しポンプは、屋根に降った雨水をためる樽に設置。　下／玄関脇のビー・ガーデンのコーナー。タイム、ローズマリー、ラベンダーなどの蜜源植物を植えている。蜜源植物とは、ミツバチが蜂蜜をつくるために、花から蜜や花粉を集める植物のこと。

とだと思います。また、庭があるその土地の植物を育てるのがいいんじゃないでしょうか。その土地の植物は、この自然に合っているから育てやすいし、目にも馴染みます。また、その家に合った庭、家だけでなくそこを取り巻く村や町の風土、環境、歴史や文化に合わせて、違和感が出ないよう庭を溶け込ますことも考えつつ、自分の庭と取り組んでいきたいですね……」とベニシアは話した。

僕はドキドキしながらテレビを見ていた。日本中でテレビを見ている人の前で、恥をかかないようにと心配していた。しかし、この話を聞いて、ベニシアはちゃんと考えて庭に取り組んでいるんだなと僕は感心した。また、コンテスト主催者側が庭のオーナーに語らせたいことを捉えて、ベニシアはうまく話していると僕は思った。彼女はそれほど日本語がうまいわけではなく、判らない言葉も多いはずだ。なのに、その場で話の流れや雰囲気、人の心の動きを的確に摑むのが上手だと思った。

会場の様子はなにやら騒然となり、急遽ベニシアが特別賞を戴くことになった。ベニシアの語りがなければなかった特別賞のようだ。僕が彼女に求めた「ニコニコとおとなしく座って」いればいい、ではなかったようだ。このコンテストで選ばれた庭は、ほとんどがイギリス風の庭だった。母体が日本庭園なのはベニシアの庭だけであった。

ハーブが仕事につながっていく

このコンテスト受賞でベニシアはさらにハーブとガーデニングにやる気を出したようだ。彼女はハーブ教室を始め、週に1度は10人ぐらいの奥さんたちが我が家に集まるようになった。シャイな僕は奥さんたちに遠慮して、2階の仕事部屋で息を殺していた。

ベニシアがハーブ教室を始めたのは二つの理由があった。一つはベニシアが長年経営している英会話学校で、ハーブ教室はイベント的な意味があったし、ベニシアにとってハーブを教えることは楽しい時間だった。もう一つの理由は、ベニシアの長男の主慈がオックスフォード大学に合格したこと。英国に住んでいる英国人ならば授業料が安いが、ベニシアは日本で暮らしているので英国からサポートを得られない。つまり、授業料がかなり高いのだ。彼女は前夫との離婚後、子の養育費をもらっていない。とにかく学費捻出のために、ハーブ専門家になって少しでも収入につなげる道を探りたいと思っていたのだ。そんな目的もあるガーデニングは趣味の域を越えて、苦労や執念も見え、「鬼のガーデニング」と僕は批評した。

やがて5年が流れ、２００７年に彼女にとって初めての単行本『ベニシアのハーブ便り』(世界文化社)を出版することになった。庭やハーブの撮影やベニシアの英文の翻訳などで僕もずいぶんと手伝わされることになった。でも、そのおかげでようやく写真家として、僕もまともに飯を食えるようになった。好きな登山雑誌の仕事だけでは、充分に食えなかったのだ。やがて出版した本は、ハーブの本部門ではベストセラーとなった。これはベニシアが、がんばった成果だと思っている。

それからどういうわけか勢いがついて、エッセイ本やＤＶＤブックなどが出版されることに。また、テレビドキュメント番組ＮＨＫＢＳ「猫のしっぽカエルの手(京都大原ベニシアの手づくり暮らし)」に、ベニシアが出演し、我が家がその舞台になった。この番組は4年間続いて、今に至っている。

趣味で始めたベニシアのガーデニングが、趣味の枠を越えて、やがて仕事につながる波となった。でもこれからベニシアは、ゆったりと静かにガーデニングを楽しみたいと言っている。たまには僕も手伝おう。

上／ベニシアと一緒にベジタブル・ガーデンの手入れをするフラワー・デザイナーの辻典子(つじのりこ)さん。
下／満開のツクシイバラをテラスに飾った。

ビー・ガーデンの蜜源植物

ラベンダーやタイムなど地中海原産ハーブを植えた玄関脇のコーナーをベニシアは地中海の庭と名付けていた。ところが、数年前からそこをビー・ガーデンと呼ぶようになった。そのわけは2006年に北米で起きたCCD（ミツバチが突然失踪する現象）を知り、ミツバチのことを考えるようになったからだ。

1990年代より欧米でミツバチが減少し、それが今では世界的に広がっているそうだ。その理由は、蜜源植物の減少や農薬による被害、またミツバチに寄生するダニの増加や病気などによる。また、携帯電話の端末や基地局から発生する電磁波が、ミツバチのナビゲーション能力を狂わせて巣に戻れなくなるとの研究報告もある。

世界の食糧の90％を供給している約100種類の作物のうち71種類が、ミツバチの花粉媒介によりできる農産物である。現在世界の人口は72億人。約50年前の1960年は30億人であった。一方、世界のミツバチは過去50年間で約45％減少しているという。これらの数字はミツバチの減少が、人類の食糧危機につながる可能性があることを明確に示していると思う。

僕たちはミツバチのことを考えるために、ビー・ガーデンのコーナーをつくり蜜源植物をたくさん植えている。このページの写真はすべて蜜源植物だ。

①ミモザ　②バジル　③モッコウバラ
④ローズマリー　⑤ベルガモット
⑥ヤグルマギク　⑦アニスヒソップ
⑧ナデシコ　⑨ボリジ

京都大原の山里に暮らし始めて

16

僕は1996年に、イギリス人の妻・ベニシアと息子の悠仁《ゆうじん》と3人で、京都大原の山里に引っ越してきました。暮らしながらの民家改修や、ここで経験したこと、考えさせられたことなどを綴っていきます。

写真と文　**梶山　正**

かじやま・ただし／1959年長崎県生まれ。写真家。山岳写真など、自然の風景を主なテーマに撮影している。登山ガイドブックほか共著多数。84年のヒマラヤ登山の後、自分の生き方を探すためにインドを放浪し、帰国後まもなく、本格的なインド料理レストラン「DiDi」を京都で始める。妻でハーブ研究家のベニシア・スタンリー・スミスさんとはレストランのお客として知り合い、92年に結婚した。

右／我が家からわずか30分で登れる瓢箪崩山の頂上からの展望。高野川を挟んで比叡山が間近に。谷沿いの小さな村は八瀬。大原の隣村だ。**上**／冷え込みがきついと、周囲の山の杉林で霧氷が見られる。**左ページ**／染み出る沢水が凍り氷の芸術を見せてくれた。標高200メートルある大原は、京都市街地よりちょっと寒い。

住まいと人びとの輪……大きな家族

今回は、僕の家族のことについて少し書いてみよう。僕もベニシアも、初めての結婚ではなく、二度目である。ベニシアには前夫との間に娘が二人、息子が一人、そして二人の孫がいる。そして僕との間には悠仁がいる。

一昨年大学に入った悠仁は別居するようになり、もうすぐ次女のジュリーと孫の浄《じょう》がここに引っ越してくることになった。

14年前、ジュリーは浄の出産後に突然、統合失調症を発症した。浄の父親は、出産日までに戻ると約束していたのに所在不明が続き、ジュリーは不安な日々のうちに出産。発症原因の中には、妊娠中の大きなストレスがあるという。その後、彼は現れたが、結婚することなく母国のイスラエルに戻った。ベニシアはジュリーと一緒に暮らしたい想いだが、8年前、ジュリーと一度同居したときに、僕は家を出た経緯がある。

精神疾患を持つ人とその家族は、世の偏見の目を気にして病気を隠そうとするのが一般的なようだが、ベニシアはそうしていない。患者やその家族たちと一緒に、治療に関する情報などを分かち合いたいと考えているからだ。日本の医療や行政は、その方面に関して、欧米諸国に一歩先を譲っているようだ。だんだんと僕もジュリーの病気を理解しようと考えるようになり、近頃ようやく同居を受け入れることにしたのだ。

僕たち家族は、多くの人びとに支えられて生活している。いつも楽しく仕事や家事をやりたいので、ベニシアは誰かと一緒にしたいという。もしも手伝ってくれる人がいないと、仕事も日常生活もなかなかスムーズに回らない現実もある。

前田《まえだ》敏子《としこ》さん（72歳）は、ジュリーが小学校低学年の頃から今年で27年もの間、家事やベニシアの英会話学校を手伝いに、京都の岩倉から通っている。かつては、日本の習慣などあまり知らなかったベニシアに、「トイレと台所の雑巾は、別々に分けて使うように！」など細かなことをひとつずつ教えてくれた人だ。「ベニシアの日本の母」だと僕は思っている。水彩画を描くことが好きで、大原に咲く野の花などを摘んで、絵にすることが楽しみだそうだ。

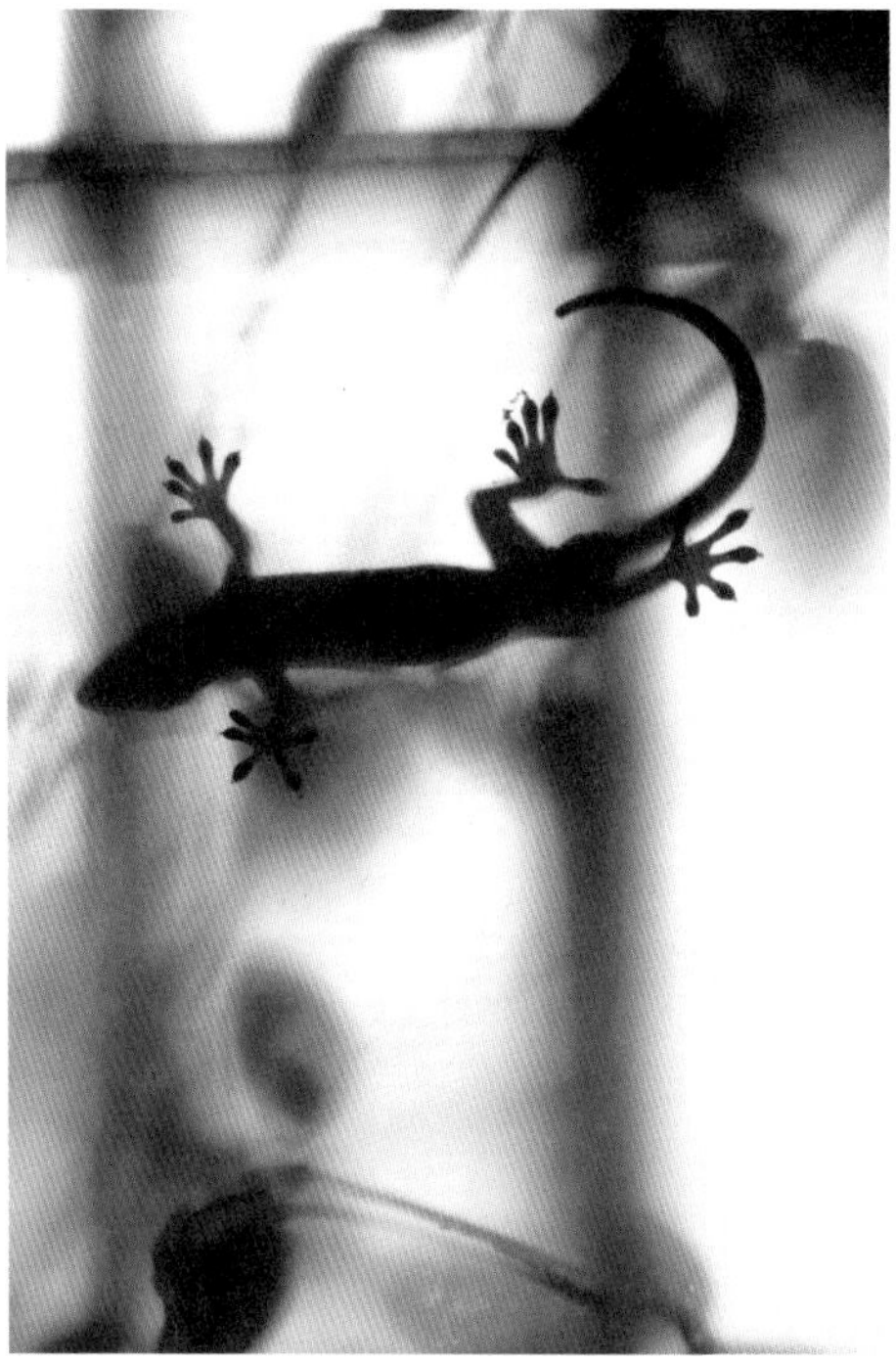

もう一人の家族であるヤモリ君。家に住みつく害虫を食べてくれるので「家守」と言われている。

造園家のバキこと椿《つばき》野《の》晋《しん》平《ぺい》さん（35歳）は、前号で紹介した庭園設計士マーク・ピーター・キーンが大学で教えた環境デザイン学科の生徒だった。学生の頃から、我が家の庭仕事に来ていたが、卒業後は京都と滋賀・坂本の造園会社で約5年間修業して独立した。以前は僕が自宅の樹木の剪定をやっていたのに、バキがベニシアのお気に入りになってからは、僕の日曜植木屋は廃業してしまった。今は、大原からひと山越えた琵琶湖側にある伊《い》香《か》立《だち》に築250年の古民家を見つけて、奥さんと二人でコツコツと手を入れて、田舎暮らしを楽しんでいる。

最後に、我が家のガーデニングを手伝ってくれる、ノリちゃんこと辻《つじ》典《のり》子《こ》さんについて。彼女が幼い頃から僕はノリちゃんを知っている。大原にある金比羅山という岩山へ35年前から岩登りに通っていた僕は、山麓にある酒屋の幼い看板娘を覚えている。大原朝市で野花を売っていたノリちゃんにベニシアが声をかけたのは約10年前。ベニシアが催していたティパーティーのスタッフをお願いすることにした。テーブルセッティングのために花を活けてもらったら、あまりに上手なのでびっくり。聞けば日本フラワーデザイナー協会講師の資格を持っているという。それ以来、我が家の花とハーブの手入れは、ノリちゃんに頼むようになった。いまはほかの仕事もやっているが、将来的には花の仕事で生きていきたいそうだ。

僕にとって、ベニシアや悠仁、ジュリーや浄だけが家族ではなく、この暮らしに関わってくれる前田さんやバキやノリちゃんも「大きな家族」の一員だと思っている。

上左から／伊吹山に咲く高山植物の取材に付き合ってくれた悠仁。／薪ストーブに使う薪割りに励む中学1年生の浄。／庭の通路に石畳を埋める僕。**下**／庭に植えた花やハーブたちをスケッチするベニシア。

左から／薪ストーブの焚き付けに使う小枝や柴を切るジュリー。／「今日はどれにしましょうか？」とテーブルクロスを選ぶ前田さん。／寒さに弱い庭のハーブを、冬に備えて藁囲いするノリちゃん。／ベニシアの要望に応えて、和と英国の雰囲気をアレンジした垣根をつくるバキ。

京都大原の山里に暮らし始めて

17

僕は1996年に、イギリス人の妻・ベニシアと息子の悠仁《ゆうじん》と3人で、京都大原の山里に引っ越してきました。暮らしながらの民家改修や、ここで経験したこと、考えさせられたことなどを綴っていきます。

写真と文　梶山 正

かじやま・ただし／1959年長崎県生まれ。写真家。山岳写真など、自然の風景を主なテーマに撮影している。登山ガイドブックほか共著多数。84年のヒマラヤ登山の後、自分の生き方を探すためにインドを放浪し、帰国後まもなく、本格的なインド料理レストラン「DiDi」を京都で始める。妻でハーブ研究家のベニシア・スタンリー・スミスさんとはレストランのお客として知り合い、92年に結婚した。

上／4月に京都北山の森を歩くと馬酔木（あせび）の花によく出会う。名が示すように、馬が食べれば酔ったようにふらつくと言われる有毒植物。万葉植物の一つでもある。 **下**／大原を流れる高野川では、仲がいいつがいの鴨をよく見かける。 **左ページ**／白銀草（しろかねそう）。隣の滋賀県の山の落葉樹林の林床で出会い、ニリンソウかな？ と思って何気なく撮影した。あとで、図鑑などでよく調べてみるとツルシロカネソウであった。白い花に見える部分は萼（がく）で、黄色い点の部分が花弁であるとか。六つの都道府県が絶滅危惧種などに指定している貴重な植物でもあった。

ようやく我が家にも下水道がきた

大原には下水道が設置されておらず、家庭排水が高野川に垂れ流しになっている話を本誌71号（２０１２年春号）で書いた。この地へ引っ越してきたとき「すぐに下水道が来るよ」と町内の人びとから聞かされて18年。ずいぶん長く待たされたが、昨年秋にようやく我が家の前の道路に下水道の排水管が埋められた。

11月に入ったある日、「すぐに下水に繋ぐ工事をやってもらいましょうよ」とベニシア。僕は春まで待って、暖かくなってから工事を頼めばいいと思っていたが、彼女はそうではなかったようだ。

「夜中に、今のトイレまで行きたくない。目が覚めて眠れなくなるから」とベニシア。実際、2階の寝室から1階の北の端にあるトイレまで結構距離があるし、冬はかなり寒い。ベニシアは寝室から近い位置に、早く水洗トイレが欲しいという。早速、ベニシアは橋本勝工務店に電話をかけた。3年前に屋根瓦葺き替え工事を依頼した工務店である。

数日後、工務店のボス橋本さんが改築工事の話にやって来た。

「排水管が通るラインにできるだけトイレ、風呂、キッチンなど水回り関係を集中させる方がいいですよ」と橋本さん。

「できれば、年内に新しいトイレと風呂が欲しいです」とベニシア。

そして、僕は……というと、この10月でようやく18年間の住宅ローンの返済を終えたばかりだ。それで、これからもっと自分の好きなことをやれるだろうと思っていたのに……。再び、家の改築のためにお金を借りて、そのローン返済が始まるという現実的なプレッシャー。

京都市上下水道局の告示によると、下水道が整備されると3年以内に水洗便所に改造することが下水道法により義務づけられている。3年以内にやらなければならないなら、今直ぐにやっても同じではないか。

「まあ、仕方ないなぁ」と思いつつも、翌日にはローンの申し込みに銀行へ足を運んだ。

こうして、12月に入ってすぐに工務店や水道工事、電気の配線工事、左官さんなど毎日、たくさんの職人さんたちがやって来た。

「最も大変だったのは、古い風呂の解体でした」と橋本さん。これまで使っていた風呂は、さらに前の古い風呂の上に作られていたようで、風呂の床を固めていたコンクリートが2層になっていた。そのため、そこを解体して出た残材などが、土のう袋で３１０袋、2トンダンプで2台半もの量があったそうだ。他には、移動したり外したい柱や梁が、家の構造や強度、傷み具合の関係で外せない。それらの問題で、欲しい位置にユニットバスが設置できないとか窓が作れないなど、現状に合わせて妥協しなければならない箇所が多々あった。実際に解体して、見てみないとはっきりとは分かりにくい古民家改築工事の難しさがあったようだ。

＊

京都市の下水道の普及率は99％以上だが、大原では約2年前から下水道排水管の配管工事が始まった。そして、来年までに大原の約５００軒の家のほとんどの配管工事が終わるそうだ。とはいえ、家の前に下水道排水管が来ても、家からそこに繋ぐ工事は各家の経済的負担になる。現在、下水道排水管が家の前の道まで来たことにより、家の排水管からそこに繋ぐ工事を終えた世帯は約7割で、あとの3割の世帯は、そのうち……と考えているらしい。

下水道排水管工事のため、大原に住む1世帯が京都市に払う金額は27万円。そして、家から排水管へ繋ぐ工事の平均額は40～50万円だそうだ。この機会に思い切って、我が家は風呂とトイレも作り替えた。僕は再びローン返済の生活に戻ったが、今では我が家の全員が、風呂とトイレに行くのが日常の楽しみのひとつとなっている。

右／新設した水洗トイレ。床と腰板の木材は杉。洗面台の棚は、樹皮の部分がカーブした根に近い部分の檜。壁は珪藻土と藁の混合。 **左**／洗面所と風呂。風呂は橋本さんのすすめにより、水分や湿気を外部に漏らさないユニットバスを設置した。

裏庭の地面を掘って、排水管を設置する水道工事屋さん。

これまで長年お世話になった汲み取り式トイレに、日本酒と塩をお供えして感謝を表明した。

右上／下水は排水管を通って水環境保全センターへ。雨水は側溝から高野川へ放流する。 **右下**／床下はコンクリートで固めた。 **左**／バスルームの空間確保のため、左端の柱は撤去した。

京都大原の山里に暮らし始めて

京都北山の森の中で見つけたアカガエルの仲間。おそらくタゴガエルだと思われるが、同定するのが難しい。

僕は1996年に、イギリス人の妻・ベニシアと
息子悠仁《ゆうじん》と3人で、京都大原の山里に引っ越してきました。
暮らしながらの民家改修や、ここで経験したこと、
考えさせられたことなどを綴っていきます。

写真、文・梶山 正

vol.18 料理するのが楽しくなったキッチン

大原小出石（こでいし）の山腹で、鮮やかな花の蛇結茨（ジャケツイバラ）を見つけた。蛇同士が絡まるように枝がもつれあうのが名の由来である。

弓なりに反り返った枯れた幹の上でブナとシャクナゲが元気に枝を伸ばしている。山や森や川辺を歩くと楽しい出会いがある。

天窓の明かりがキッチン全体に広がるように、上部の土壁を撤去した。流しの窓から裏庭が見えて、食器洗いも楽しくなった。

ちょうど梅の花が満開の頃に、キッチンの改装工事が終わった。昨年末に橋本勝《かつ》工務店に頼んだ風呂や下水道関係の工事のときに、キッチンも同時に進めるつもりでいたのだが、寒いので先延ばしすることにしていた。暖かくなってから着工することと、消費税増税前のタイミングが、ちょうど梅の花の時期となったのだ。

築100年になる我が家の炊事場はかつて土間にあったようだが、その後、前の持ち主が和室に移動させていた。とはいえ、和室の縁側に流しと調理台をそのまま置いて、ガスと水道を引いただけの簡単なものだった。換気扇を付けていなかったので、肉を焼いたり、中華炒めをすると煙で周りが見えなくなった。また、薄暗いので、電灯を点けていなければ昼間でも手元が暗かった。改装の目的は、明るくすることと換気扇を付けることだ。

「キッチンの壁の仕上げはどうしましょうか？」と下見に来られた橋本さん。僕は無垢の木材がいいと思っていたのだが……。

「下地の耐火ボードの壁の上にステンレスの板を張るか、タイルや煉瓦、石材などで仕上げるのはどうですか？」

「タイルがいいわ！」とベニシアが目を輝かせた。

ベニシアは5歳から1年間、スペインのバルセロナで暮らした。母ジュリーの3回目の夫との新生活の場が、その地であった。ベニシアはバルセロナに面した地中海で、初めて泳ぎを覚えたそうだ。

スペインの建築物の外壁には、装飾用にタイルがよく使われる。また、食事の場ともなる中庭の床は、タイルやテラコッタ、石材などが敷き詰められている。そこは、土や芝生で被われたイギリスの庭とはまったく違う雰囲気だったことをベニシアは覚えているという。さらに、バルセロナといえば建築家アントニオ・ガウディの建築物がある町だ。曲線とカラフルなタイルを多く使った不思議な雰囲気を持つ建築物の印象が、幼いベニシアの心にも深く残ったそうだ。

以前はトイレだったところをラーダ（英国版食料保存庫）に改装した。

大原に住むようになって間もない頃、ベニシアは裏庭にある井戸を囲う壁が、むき出しのブロックの壁で美しくないと嘆いていた。そのうち、彼女は割れた青磁器の破片などを集めてそこに貼り、モザイク模様の壁に変えていた。また、雑貨屋や骨董品店で面白いタイルを見つけては少しずつ買い集めて、調理台や薪ストーブの耐火壁などに自分でタイルを貼って、お気に入りの雰囲気に変えていた。おそらく、ベニシアはタイルが大好きなのだ。

キッチン改装工事は、土壁を削って広い窓枠を取り付けて、そして大きな換気扇もすぐに設置された。ところが、橋本さんが悩んだのがタイルであった。

明るいキッチンで、スグリのジャムをつくるベニシア。古い日本家屋は窓が少なく暗い家が多いが、ちょっとした工夫で明るくなる。

これまでベニシアが自分で貼ったタイルのほとんどは、白地に紺と青と黄色の模様が描かれたメキシカンタイルだ。タイル仕入れのために、橋本さんがこれまで繋がっている業者から捜していくと、扱っている商品のほとんどが現代の日本製タイルだった。メキシカンタイルは、素朴で暖かな、やさしい芸術的雰囲気を持っている。日本製タイルはカチッと正確だが、どこか冷たくてラテン系文化が持つ大らかさに欠けるように橋本さんは感じたのではないだろうか。メキシコは1521年から300年間スペインの植民地で、タイルづくりの技術はおそらくスペインから伝わった。ベニシアが幼少時代に記憶した、ガウディの建築にも繋がるところがあるのかもしれない。

ちょっと時間がかかったが、橋本さんはメキシカンタイルを仕入れた。そして、タイルを貼る日がやって来た。タイル貼り職人は通常独自に作業をするはずだが、工務店ボスの橋本さんも手伝いにやって来た。職人さんは、インテリアにちょっとうるさそうな外人さんが住む家の仕事に不安だったのかもしれない。エキゾチックな絵柄のタイルでどう仕上げるか、職人さんは橋本さんとアレコレ話しながら配置を決めていく。僕がときどき現場を覗きに行くと、二人とも楽しんでいる。いつも慣れている無地のタイルばかりの仕事と違い、絵柄入りはプロの職人さんにとっても日常の仕事から逸脱するものがあったのかもしれない。こうして、明るく楽しいキッチンができ上がった。

PROFILE

かじやま・ただし／1959年長崎県生まれ。写真家。山岳写真など、自然の風景を主なテーマに撮影している。登山ガイドブックほか共著多数。84年のヒマラヤ登山の後、自分の生き方を探すためにインドを放浪し、帰国後まもなく、本格的なインド料理レストラン「DiDi」を京都で始める。妻でハーブ研究家のベニシア・スタンリー・スミスさんとはレストランのお客として知り合い、92年に結婚した。

まず接着剤を塗って貼り付けて、目地にセメントを詰めた後、濡れたスポンジで余分なセメントを拭き取ったらタイル貼りは完成だ。

京都大原の山里に暮らし始めて

特別拡大版

僕は1996年に、イギリス人の妻・ベニシアと
息子悠仁《ゆうじん》と3人で、京都大原の山里に引っ越してきました。
暮らしながらの民家改修や、ここで経験したこと、
考えさせられたことなどを綴っていきます。

写真、文・梶山 正

大原から車で1時間弱の、近江と若狭国境尾根のブナ純林帯。駒ヶ岳山頂付近で頼もしいブナの木を見つけた。

秋に黄葉するブナ。ブナの実はソバの実を大きくしたような三角形で食べられる。生でもいけるが、煎るか茹でると食べやすく、うまい。

京都北山、魚谷山（いおだにやま）の沢沿いで黄葉したクマシデを見つけた。シデとは、垂れ下がる果穂を四手（注連縄に垂らす紙）にたとえたもの。

vol.19

築182年の古民家で、日々をていねいに暮らす椿野家を訪ねて

手をかけた庭をバッキーに案内してもらう。紫色のシランと白いツツジの花が、気持ちよさげに5月の陽光を浴びていた。

上：バッキー自慢の場所へ案内してもらった。伊香立生津町の家並みを見渡せる棚田だ。向こうに比良山地の山々が続いている。　下：小4のめいちゃん、中2のユロ君、奥さんの可奈さんが、僕らの訪問を出迎えてくれた。

いつも我が家の植木を手入れしてくれる造園家のバッキーこと椿野《つばきの》晋平さんは、大原からひと山越えた滋賀県大津市伊香立《いかだち》に住んでいる。比叡山から北に延びる山々の裾野に広がる伊香立は、琵琶湖を見おろす棚田が開けた歴史ある農村だ。椿野一家は、天保3（1832）年につくられた築182年の古民家に自分たちで手を加えて暮らしている。

以前、椿野家を訪ねたベニシアによると「自然体って言うんかなあ。家はそのまま、ありのままで、ちょっと寂びた感じ。お金はあまりかけていないけど、カッコイイ。きっと今の若い人が好きそうなスタイルの一つなんやろうね」。なんか僕には分かりにくいことを言うなあとは思いつつ、彼らがどんな工夫をこらして暮らしているのかぜひ見たい。椿野家を訪ねてみることにした。

歩いて探して、ようやく見つけた古民家

5月の晴れて爽やかな日曜日の朝。椿野家の親子4人が揃って僕たちを笑顔で迎えてくれた。庭の中央にバッキーがしつらえたガーデンテーブルを囲んで、お茶をごちそうになる。

バッキーは「庭椿」の屋号で造園業を営んでいる。97年から4年間、京都造形芸術大学で環境デザインを勉強していたときに、大学の教師で造園家のマーク・ピーター・キーンと出会った。マークはベニシアの友人で、彼女にハーブガーデンづくりを勧めてくれたアメリカ人である。そういう関係で、バッキーも我が家に顔を出すようになっていた。

バッキーは、同じ大学で芸術学を勉強していた可奈さんと出会い、結婚。2004年はバッキーが育った町である大津市堅田《かたた》の、にぎやかな商店街のある通りで暮らしていた。やがて夫妻は、静かな田舎の古民家で生活したいと思うようになったらしい。ベニシアと僕の大原での暮らしを見たことも、一つの刺激になったそうだ。そう言われて、僕はちょっと嬉しい気分。堅田からは近いが、田舎暮らしができる伊香立とその隣村の仰木《おおぎ》一帯に目を付けて、彼らは家を探し始めた。

椿野夫妻は、まず、お目当ての村の中を歩いて、空いていそうな家を見つけると近所の人に尋ねた。「この家は空き家ですか？　持ち主はどこにお住まいですか？」。不動産屋を頼らず、直接家を探して交渉するという原始的で個性的なやり方。1年間に30軒ほど見たあとで、ようやく今の家に出会うことができた。

その家の持ち主は、車で1時間ほどかかる別の町に住んでいた。その家で暮らしていたのは、父親であったらしい。しかし、10年前に亡くなってからは、ずっと人が住んでおらず、たまに持ち主が草刈りに来るぐらいだった。家を借りたいというバッキーに、貸すために家を修理しないが、自分で直して住むなら家賃はいらないと言ってくれたそうだ。

朽ちかけた家から、快適な住まいに。自分で直した1年間

バッキーは庭と家の中をぐるりと

もとは池だったところを、お茶を楽しむくつろぎスペースに。池の縁をベンチに変えて、テーブルを置いた。

僕たちに見せてくれた。ベニシアによる「自然体」な雰囲気を僕も理解できた。お金をかけなくてもていねいに一つずつ修理をし、愛情をこめて日々を暮らしていくことが大切なのだと、この家は無言で語りかけていた。タダで家を借りることができたのはラッキーと言えるが、椿野家の皆が住める状態に持って行くまでは、がんばりが必要だった。

「初めてこの家の中を見たときは、どんな感じだった？」と僕。

「家の中は暗くて、仏壇の前には紫色の座布団が敷かれたままでした……」。おそらく、ここに暮らしていた老父のお葬式が終わったときから、あまり手を付けられずにいたのだろう。老父の服が入った家具や布団なども生前のまま。ある部屋は、床にブルーシートが敷き詰められていた。それをめくると絨毯が敷かれてあり、その下の畳はほとんどが腐っていた。屋根に上がってみると、瓦が20枚ほどダメになっていて、おそらく、そこから雨漏りしていたの

上：バッキー愛用の庭仕事道具。　右：めいちゃんは、現在ピアノとスイミングに夢中。

フジウツギ、ソヨゴ、ハナミズキ、ヤマボウシなど、花や実がきれいな木を新たに植栽したそうだ。

上：水鉢のまわりはアヤメ、ネメシア、シュウメイギクを植栽。　下：桃色と水色のワスレナグサがひっそり咲いていた。

だろう。また、家中の土壁の柱との間に1センチほど隙間が空いていたので、家の中を風が吹き抜けた。庭には植木がたくさんあったが、ジャングル状態だった。庭の中央にある池は、古タイヤや草木のゴミで埋まっていた……。

その頃、バッキーは大津市内の造園屋に雇われていたので、自由に動ける日は、仕事が休みになる雨の日だけだった。今は小学4年生の長女めいちゃんは、当時まだ0歳。可奈さんは赤ちゃんの世話をしなければならないので、バッキーと一緒に家を直すのは時間的に当然厳しかっただろうと想像できる。

最も大変だったのは、ゴミの処理だったという。2階は老父の荷物でいっぱい。それに腐った畳やら、朽ちた土壁など、廃棄しなければならない物を、軽トラックに山積みで30回以上もゴミ処理場へ運んだそうだ。そうやって1年近くかけて、ようやく引っ越しできる状態に。現在中学2年生の長男ユロ君は当時4歳。こちらから通える幼稚園の入園に間に合うように引っ越したい、という意向もあった。現在、将棋狂いのユロ君は堅田の将棋クラブに入り、おじ

土間にあるキッチン。流しは元からあったものだが、左上の棚とガス台は自家製。テーブルになっている中央のミシンは大型ゴミから。

椿野家名物の蒸し鍋をごちそうになった。蒸した野菜や肉に、塩とオリーブオイルまたは、バターをかけて食べる。

傷んだ畳を外して、足場板でフローリングした。板の間を漆喰で埋めたのは失敗だったとか。漆喰が割れるそうだ。

2階は大広間。壁をつくって自分の部屋が欲しいとお子さんたちの声。バッキーは、やるべき仕事が山積み状態だ。

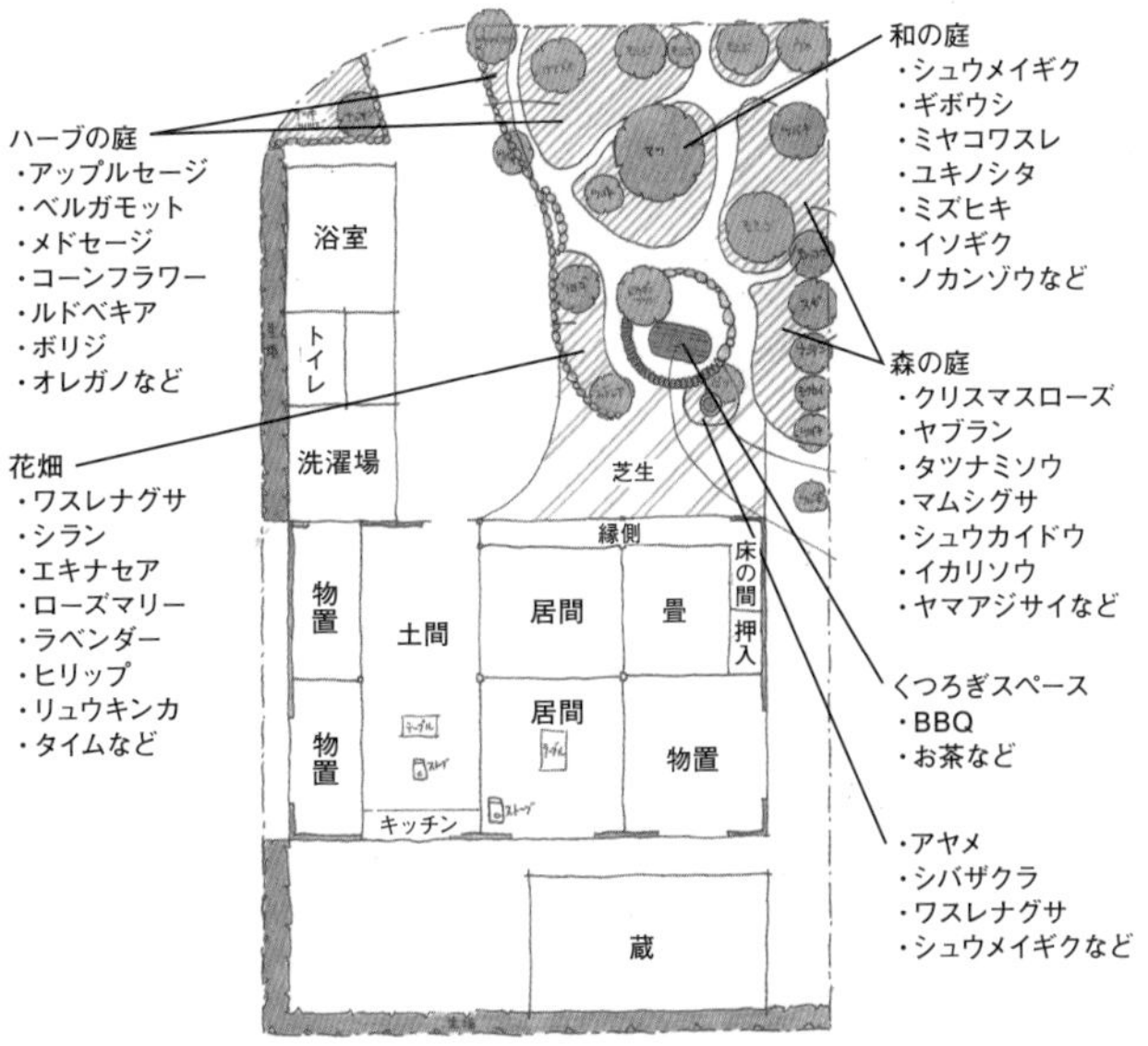

いさんたちに鍛えられて、今は二段の腕前になっているそうだ。

　バッキーのお父さんは造園家だが、この家の先代老父も庭師さんであった。それで、この家に残されていた物の中には、庭道具や庭石などバッキーにとって使える物もあった。庭のあちこちには、庭石が転がっていた。家が住めるようになるとバッキーは、それらの石を使って庭のまわりを囲み、飛び石や石段をつくった。庭木が多すぎたので少し減らして、ハーブや草花を植えた。「ハーブや草花を植えたのは、ベニシアさんからの影響です」とバッキー。ベニシアは嬉しそうな顔だ。

ついに今年、この家を購入

　椿野家が伊香立で暮らし始めて9年目になる。今年、バッキーは家を譲って欲しいと持ち主に頼んだ。

「ほんとは、この家を見つけたときから買いたいと思っていたんですが……。でも、持ち主に遠慮していました」とバッキー。僕とベニシアは驚いて顔を見合わせた。この家は2月から椿野家のものになったそうだ。知らなかった。

「今は離れにトイレと風呂があるから、家の中に移したいって女房は言ってます。冬、外に出るのは寒いしね。でも、僕はゆっくりやればいいかなあ～と思ってますけど……」。

　そうは言いながら、バッキーの顔を見ると、たくさんのアイディアが膨らんでいる様子。土間にあるキッチンを部屋の中に移すことも計画中とか。ここに来た最初の冬は、土間に雪が舞う日もあったそうだ。

　同じ家に暮らし続けていても、借家状態のままでいるのと、自分の持ち家になるのとでは気持ちが違ってくる。家を守る使命感や、より暮らしやすい家に変えたい意気込みが変わるのだ。

「それと、蔵はこれまで触ってはいけないと言われていたんですが、もう自由に開けていいと持ち主は言ってくれました。でも、蔵の鍵がないので、まだ見れずにいます……」とバッキー。大昔の宝物とか大判小判などが、入っていないだろうか？　僕も蔵の中を覗いてみたいものだ。

「お昼ご飯ができましたよ～」と可奈さんが呼ぶ声。今日は椿野家ご自慢の蒸し鍋だそうだ。お腹がグーと鳴ってきた。

京都大原の山里に暮らし始めて

僕は1996年に、イギリス人の妻・ベニシアと
息子悠仁《ゆうじん》と3人で、京都大原の山里に引っ越してきました。
暮らしながらの民家改修や、ここで経験したこと、
考えさせられたことなどを綴っていきます。

写真、文・梶山 正

霧氷に被われた柏の葉。柏の葉は秋にすべて落葉せず冬でも枝に残る。おいしい柏餅を包んでいる葉だ。

大原に雪が積もったある朝、我が家から歩いて行ける瓢箪崩山の尾根道を歩いた。京都市街地と岩倉にある京都国際会館が見渡せた。

雪がたくさん積もった京都北山北部の森で見つけた足跡。右の足跡は、野ウサギが向こうからこちらに駆けて来たもの。

vol.20

椎茸栽培に挑戦する

右：原木に種駒を埋めるため、ドリルで穴をあける。　中：約1カ月間の仮伏せ。　上：開けた穴に、椎茸菌たっぷりの種駒を埋める。

冬のあいだ毎日燃やす薪ストーブの燃料をどうやって手に入れるか、秋になると毎年のように悩んでいる。もちろん、市販品の薪を買うなら悩むことはない。でも、手づくりの暮らしにできるだけこだわりたいと考えている僕にとって、薪を自分でつくることもこだわりの一つ。僕の友人、後藤君は山仕事をやっている。いいタイミングで彼に雑木林伐採の仕事が入れば、僕は丸太のお裾分けをもらうことができるのだが……。

秋が深まった3年前のある日のこと。後藤君から電話をもらった。丸太が手に入りそうだ。さっそく僕はチェーンソーと手押し一輪車を車に積みこみ、比良山地の山麓にある伐採現場へ、丸太をもらいに行った。一仕事終えた後藤君がやって来た。

「これで椎茸をつくればいい。クヌギやナラとアベマキの木だから、椎茸がよくできるよ」と後藤君。

「でも、俺そんなことやったことないし、難しいんじゃないの？」と僕。

「かんたん、かんたん。椎茸菌が入った種駒《たねこま》を買ってきて、それを原木に植えるだけや。肉厚でプリプリのうまい椎茸が食えるぞー」。

自分で椎茸がつくれるなんて、試してみたい。その足で僕はホームセンターの園芸コーナーに寄り、種駒の小箱とつくり方の説明書を手に入れた。

椎茸栽培の方法

大昔の日本では、椎茸栽培は不可能とされ、山野に自生したものを収穫していた。原木に傷を付けて天然の椎茸の胞子が付着するのを待つ、ナタ目法という半栽培が江戸時代中頃から行われ始める。現在では原木栽培と菌床《きんしょう》栽培の2種類が椎茸栽培の主流だそうだ。それぞれの栽培法について、簡単に説明してみよう。

菌床栽培とはオガクズに米ぬかなどの栄養材を混合、整形して固めた菌床に椎茸菌を入れて栽培する方法。空調管理された施設内で10～12週間という短期間に大量生産できるので、市販されている椎茸のほとんどが菌床栽培でつくられているそうだ。

原木栽培とは、伐採して枯れた天然の原木に、直接椎茸菌を埋めて椎茸を栽培する野生に近い方法。原木を伐採し椎茸菌を埋めてから、椎茸が収穫できるまで1年半から2年間待たねばならない。また、原木となる木が育つには10～30年間もかかるし、現に原木は不足している。原木栽培だと時間はかかるが、うまい椎茸が食べられるという。

ほだ木をつくり、椎茸を待つ

僕がやろうとするのは原木栽培だ。まず、ほだ木づくりの準備である。冬の薪用の丸太を除いて、直径15センチぐらいのほだ木用の原木を1メートルの長さに切り分けると80本ほどもできた。それを庭に運んでいると近所のおじいさんが楽しげな顔でやって来た。

「何やってるんや？」。

「椎茸をつくろうと思って……」。

右：見事に育った椎茸を裏庭に置いた、ほだ木から収穫する。　左：椎茸菌たっぷりの種駒を埋める前に、原木を４カ月間寝かせた。

「椎茸屋でも始めるんか？」。

このたくさんのほだ木は、仕事レベルの量であるとか。家族で食べるぐらいなら、ほだ木5本で充分だという。それなら、誰かにプレゼントしよう。

秋に切った原木は、3月まで寝かせて乾燥させた。生の木は菌の成長を阻害する物質を含んでいる。それで、すぐに種駒を植菌すると、椎茸の菌がほだ木に広がらないそうだ。

種駒は専用のドリル刃で原木に穴をあけて、金槌で打ち込んでおく。植え付けた種駒から椎茸菌がほだ木に広がるよう、横積みしたほだ木の上からワラ、その上にブルーシートをかけて、保湿状態を保ちつつ1カ月ほど庭に寝かせた。これを仮伏せというらしい。ほんとは、もっと長く仮伏せしておきたかった。ところが、庭がきれいになる春が来たので「ほだ木をどこかに移動して！」とベニシア。

仮伏せのあとには本伏せの行程があるようだが、置き場がないので、そのまま庭のまわりに適当にほだ木を並べておくことにした。近所の人や友人にもプレゼントして、我が家のほだ木を10本ほどに減らした。

翌年の春、ほだ木をプレゼントした前田さんが「こんなにたくさんできましたよ！」と言って、ほだ木にできた椎茸の写真を見せてくれた。それを見て僕はびっくりしたばかりでなく、焦りも出てきた。僕のほだ木からは、まったく椎茸の気配がないからだ。前田さんの旦那さんは、愛情をこめてほだ木によく散水するそうだ。

同じくプレゼントしたノリちゃんは「なんか雑菌が入ったのか、変なキノコが出てきたので、数本捨てました」。これにもショック。悲しい。

夏が過ぎて、秋がきた。僕の椎茸はどうなるのだろうか？　雨が数日続いた後、何気なく庭に出てみると椎茸のようなものが見える。ほだ木に近づいてみると、濃い茶色の肉厚の椎茸がいくつも出ているではないか……感動！　その日から、プリプリの椎茸を口にする日々が始まった。

薪ストーブで、チーズと和えた具と椎茸を焼いたワインのおつまみ。

PROFILE
かじやま・ただし／1959年長崎県生まれ。写真家。山岳写真など、自然の風景を主なテーマに撮影している。登山ガイドブックほか共著多数。84年のヒマラヤ登山の後、自分の生き方を探すためにインドを放浪し、帰国後まもなく、本格的なインド料理レストラン「DiDi」を京都で始める。妻でハーブ研究家のベニシア・スタンリー・スミスさんとはレストランのお客として知り合い、92年に結婚した。

京都大原の山里に暮らし始めて

僕は1996年に、イギリス人の妻・ベニシアと
息子悠仁《ゆうじん》と3人で、京都大原の山里に引っ越してきました。
暮らしながらの民家改修や、ここで経験したこと、
考えさせられたことなどを綴っていきます。

写真、文・梶山 正

大原大見の山奥、二の谷にあるヤマザクラの古木。幹回り10m以上。高齢のためか花を咲かせていなかった。

琵琶湖の西側を囲むように連なる比良山地は、我が家から近い。新緑が美しい5月に歩いた。稜線上でレンゲツツジが咲いていた。

比良山地に降った雨は、この美しい森林に覆われた沢を伝って琵琶湖に流れる。琵琶湖の水は関西 1400 万人の水源になっている。

ベニシアと弟のチャールズさん。彼は奥さんのリズさんと一緒に大原へ遊びに来た。初めてのアジア旅行であった。

vol.21

新たな生き方を探して、イギリスから インド、そして日本へ旅したベニシア

連続テレビ小説「マッサン」を毎朝見るのが日課になっている。マッサンと妻エリーが主人公のドラマだ。ドラマのモデルは、ニッカウヰスキー創業者の竹鶴政孝さんと妻のリタさん。１９２０年にスコットランドで結婚した彼らは、日本初のウィスキーをつくった。ベニシアは外国人女性が日本で苦労する様子を、自分の経験と照らし合わせながらドラマを見ている。一方「あなたもマッサンのように、ちょっとは私にやさしくしてよ！」などと言われながら、僕も見ている。異文化の国で生きていくことの大変さなど、ドラマから気付かされることも多い。

現在約２０００人が住む大原には、３人の外国人が暮らしている。19年前に越してきた僕の妻のベニシアが最も古株だ。隣の戸寺町には6～7年前にイギリス人のマカルクさん家族が越してきた。彼は神戸の大学で英語を教えており、日本人の奥さんとの間に小学生の子どもが二人いる。

昨年の秋には、我が家のすぐ近所にリーノ・ベリーニさんが越してきた。彼は50年ほど日本で暮らしているイタリア人で、カトリック教会の神父さんをやっている。大原に友人がいて、なんと僕たちがここに越してくる前に、今の僕たちの家にしばらく荷物を預けたことがあるそうだ。イタリアの家は数年前の地震で壊れてしまった。独身の彼は日本の生活に慣れており、けっこう高齢なので、イタリアへ戻るつもりはないそうだ。

そんな日本で暮らす外国人に、日本に来るようになった経緯を聞くと、そこにはたいがい興味深いストーリーがある。ベニシアの話を書いてみよう。

東へ向かう

１９７０年10月から8カ月間、ベニシアはインドのハリドワールにあるアシュラム（道場）で生活していた。多くのインド人とともにそこで瞑想の日々を送っていた20人ほどの西洋人の若者たちに、ある日、瞑想の先生であるプレム・ラワットはこう申し渡した。

「皆は自分の国に帰るように！」

プレム・ラワットはわずか10歳の少年。当時は既存の文化に行き詰まりを感じた西洋の若者たちが、別の価値観を探そうとしたカウンター・カルチャー（対抗文化）の時代といわれている。ベニシアはイギリスに帰る仲間たちとは逆に、さらに東へ向かうことにした。日本である。

少女時代

ベニシアは貴族の家系に生まれたが、子どもの頃からそこに違和感を感じていた。まず7歳から貴族社会で生きていくための習い事をやらされるが、どれも嫌いだった。日本では生け花や茶道、書道、日本舞踊など女性的な習い事があるが、イギリ

ベニシアの母、ジュリアナ・カーゾンの実家
ケドルストンホール。

春が来ると毎年我が家の庭を彩る、
黄色いミモザとチューリップ。

スでは女性も乗馬、テニス、スキーなどのスポーツで男っぽいことばかり。読書好きでおとなしい彼女は、それらのレッスンから逃げまわっていた。

13歳からディナーパーティーへ顔を出すようになるが、生真面目な彼女はいつもウォール・フラワー（壁に飾られた花のように静かなこと）になった。さらに18歳の社交デビューまで我慢したが、まわりの人びとの話は乗馬や競馬の話ばかり。とても馴染めなかったそうだ。

17歳の時、歌が好きだったので友人とフォークソング・グループをつくった。ベトナム戦争反対など、メッセージのある歌を歌うことが多かった。19歳のある日、アイランド・レコードからレコードデビューの話が舞い込んだ。曲は昔のイギリス民謡スカボロー・フェアである。

フォークグループ「スウィート・ドリーム」のベニシア（中）。

ところが録音まで進めていたのに、突然中止に……。なんとちょうど同じ頃、アメリカの有名フォークソング・グループ、サイモン&ガーファンクルがまったく同じ曲でレコードを発売したからだ。それがきっかけで、ベニシアは歌の世界から離れることにした。

その頃付き合っていた恋人とうまくいかずに悩んでいたとき、あるインド人から瞑想を習い、元気を取り戻すことができた。そのインド人の先生が10月にインドのデリーでピース・ボーン（平和の爆弾）という祭りを計画していることを聞き、ベニシアは行きたいと思う。瞑想の仲間たち10人と中古のバンを手に入れて、陸路で2カ月間かけてインドへ向かった。

そして日本へ

ベニシアはインドのあと、どうして日本をめざしたのだろうか？　当時ベジタリアンだった彼女は、ロンドンにあるマクロビオティック・レストランによく通っていた。マクロビオティック運動を始めたのは、日本人の桜沢如一である。また、鈴木大拙の禅に関する本が英訳されて、彼女もそれに触れていた。イギリスの若者たちが、東洋や日本に目を向けていた時代である。

「想い出深いのは、子どもの頃よく過ごしたケドルストンホールで見た日本の陶器かなあ」。ベニシアの母の実家は、ダービーシャーにあるケドルストンホールというカーゾン家の館である。ベニシアの曾祖父の兄は外務大臣やインド副王総督を務めたジョージ・カーゾンで、明治時代に2度、日本に滞在。陶器はそのときカーゾンがお土産に持ち帰ったものだ。登山好きの僕は、かつて読んだ訳書『シルクロードの山と谷』の著者であり探検家が、ベニシアの先祖だと知りびっくりした。カーゾンは京都にも来ているが、果たしてここ大原まで足を延ばしただろうか？

（次回に続く）

カーゾンに関する本。世界山岳名著全集や 1894 年の日本滞在について書いた本など。

PROFILE

かじやま・ただし／1959年長崎県生まれ。写真家。山岳写真など、自然の風景を主なテーマに撮影している。登山ガイドブックほか共著多数。84年のヒマラヤ登山の後、自分の生き方を探すためにインドを放浪し、帰国後まもなく、本格的なインド料理レストラン「DiDi」を京都で始める。妻でハーブ研究家のベニシア・スタンリー・スミスさんとはレストランのお客として知り合い、92年に結婚した。

京都大原の山里に暮らし始めて

僕は1996年に、イギリス人の妻・ベニシアと
息子悠仁《ゆうじん》と3人で、京都大原の山里に引っ越してきました。
暮らしながらの民家改修や、ここで経験したこと、
考えさせられたことなどを綴っていきます。

写真、文・梶山 正

オカトラノオの花から吸蜜するアサギマダラ。浅葱色の羽でゆったりと飛ぶ姿が美しく、国蝶候補にもなった。

道端に咲いていたワルナスビ。米国原産の有害雑草。英語では「ソドムのリンゴ」や「悪魔のトマト」の異名を持つ。

近くの森で見つけたウラジロ。葉は正月飾りに使われる。細かく裂けて裏が白い葉を、たわわに実った稲穂に見立てたという。

6月初旬、庭に咲いたツクシイバラ。ツクシとは九州の筑紫。かつて野原に多く自生していたが、現在は希少種。

vol.22

恵みの風が吹く

20歳のベニシアが日本に初めて来たときの冒険談を続けよう。

1971年春、ベニシアは瞑想の先生プレム・ラワットからインドを出てイギリスに帰るように言われた。母ジュリーがイギリス行きの航空券を手配してくれていたが、彼女は母国へ帰るつもりはなかった。お金はなかったがプレム・ラワットの応援のことばを信じて歩み出そうと決めていた。

「必ず恵みの風が吹くでしょう」。

そんなある日、バナラシで知り合ったアメリカ人のアーサーから香港行きの航空券を貰った。彼は兵役を逃れるためアメリカを出てインドに着いたところだった。

その航空券で香港に着いたベニシア。所持金が乏しいので香港の入管は難しい状況だった。それで友人の友人の世話になることに。友人から聞いていた香港で働くイギリス人ビジネスマンに連絡したのだった。彼は見ず知らずの人を助けなければならないことになる。台湾行きの船のチケットをベニシアに買って与えた。

台湾に着いて、どうしようかとYMCAで途方に暮れていたところに、30代半ばの見知らぬ台湾人ビジネスマンが声をかけてきた。アメリカからのお客さんを案内しなければならないので、彼の英語をチェックして欲しいと言う。その仕事を3日間ほどやると、ベニシアは日本行きの船のチケットを買うことができた。

そうしてようやく鹿児島港に船で到着することができた。彼女が持っていた日本の情報は「Tokyo Fugetsudo」だけ。そこへ行けば、外人が多いし何かの情報が得られるだろうとインドで聞いていたのだ。鹿児島から東京までの距離もわからずトラックをヒッチハイクしたら、大阪淀屋橋で降ろされた。仕方がないのでお巡りさんに「Tokyo?」と聞いたら「あっち！」と彼は指差した。「No money」と答えたら、そのままパトカーに乗せられてしまった。このまま刑務所へ連れて行かれるのだろうか、ベニシアは不安になってきた。ところが高速道路入り口でお巡りさんはトラック運転手に何やら質問している。2～3台に聞いた後、お巡りさんは大声で叫んだ。

「Tokyo OK！」。

嬉しかった。でも、ギンギラに装飾されているトラックが不気味に思えた。夕方、運転手さんはサービスエリアで、卵丼をおごってくれた。ほぼ2日間、何も食べていなかったので、お腹がぺこぺこだった。食事が終わると運転席の後ろにあるベッドで眠るように言われた。その人は少し英語が話せたのだ。ヌードポスターが壁中に貼られたそのベッドルームは怖かったが、ベニシアはいつの間にか寝てしまった。翌朝、目を覚ますと新宿の風月堂の前だった。世界中にこんな親切な人々がいる国って他にあるだろうか……？　日本でのベニシアの生活が始まった。

カーゾンの2回にわたる日本滞在

前号でも触れたが、ベニシアは子どもの頃にケドルストンホールで見た日本の陶器が記憶に残り、日本へ行きたいと思っていた。それらの陶器を集めたのは曾祖父の兄であり、政治家のジョージ・ナサニエル・カーゾン（1859～1925）であった。つい先日、カーゾンが日本に滞在したときの日記『Lord Carzon's Japan Diaries』の翻訳書（日英文化交渉史研究会発行、吉田覚子訳）を手に入れることができた。それによると

梅雨の晴れ間に庭を手入れするベニシア。アナベル、ゼラニウム、エキナセア、ベルガモットが花を咲かせた。

1887（明治20）年と1892（明治25）年の2回、世界一周旅行の途中でそれぞれ3週間ほど彼は日本に滞在している。

　1887年（当時28歳）の旅行は半年間にわたるもので、日本にはサンフランシスコから乗った船で上陸した。「横浜湾の入り口を見るために、朝早く5時半に起きた。もしかすると雪をいただいた円錐の富士山をみることができないかと思ったからだ」と日記にある。それから数日後、カーゾンは芦ノ湖から富士山を見て感激する。

　カーゾンは芦ノ湖と日光旅行で、ガイドに伊藤鶴吉を雇っている。伊藤はイギリス人女性旅行家イザベラ・バードが1878年に日本を旅行したときに雇ったガイドだ。カーゾンはサンフランシスコからの船中でイザベラ・バードの著作『日本奥地紀行』（1880年出版）を読み、彼女の旅を助けた伊藤をぜひガイドに頼みたいと思っていた。伊藤は西洋人好みの料理を作ることができるコックでもあった。「日本食メニューでのぞっとするような代替飢餓食から、我々を救ってくれた」とある。また日本女性をカーゾンは日記の中でこう評している。「愛想がよいだけでなく、完璧に慎みのある親しみを備えていた。これは、世界中でただ日本人の乙女だけに言えることだ」。

　5年後の1892年、2回目の日本滞在では伊藤博文などの大臣たちと3度の晩餐会や国会議事堂見学など、政治家としての動きの合間に富士山登山に向かった。山好きの僕は、ついつい彼のそういう冒険的な動きが気になる。

　日本に着いて6日目の9月18日にヴァル・トスト中尉と知人の使用人に加えて現地で雇った4人の強力の計7名で富士山に挑戦した。ところが7合目で敗退となる。

「頂上を極めることができなかったことや、そこからの美しい眺めを見逃したのはいらだたしかった。その夜の間に天候は急変し、わたしが7合目に着いた時刻から、雨は間断なく、1週間続いたのだった」。

　西洋流近代登山を日本人に紹介したイギリス人宣教師ウォルター・ウェストンは当時日本で暮らしており、同年5月に富士山に登っている。カーゾンとの交流はなかったようだ。ウェストンは、のちに日本の山を『日本アルプスの登山と探検』（1896年出版）で世界に初めて紹介し、今なお日本の登山界に影響を与えている。ちなみに外国人初の富士山登頂は1860（万延1）年、初代イギリス公使ラザフォード・オールコックら英国人3名を含む日本人役人と従者など百余名におよぶ大登山隊であった。

　話を元に戻そう。カーゾンは富士山に未練が残った。京都に向かう車中から富士山を見て「富士山はとてもきれいに、そして、雲ひとつなく見えたので、我々は御殿場で降りてもう一度富士山に挑戦してみようかという気持ちになった」と日記に書いている。

　京都滞在中のカーゾンは、寺社見学の合間に伝統工芸品や古美術品を探し求めた。どの店に何があるとか、ある店は固定価格で、ある店は値引きするといったことなど細かく日記に書いている。こうして彼が集めた日本の陶器は、子孫のベニシアに影響を与えたのだ。日記によればカーゾンはここ大原には来なかったようだ。

　カーゾンは京都のあと神戸から船に乗り、長崎から対馬列島を経て韓国、そして中国へ向かった。そのとき見聞したことや考えたことを2年後に『Problems Of The Far East : Japan, Korea, China 』（1894年発行）」にまとめて出版した。

PROFILE

かじやま・ただし／1959年長崎県生まれ。写真家。山岳写真など、自然の風景を主なテーマに撮影している。登山ガイドブックほか共著多数。84年のヒマラヤ登山の後、自分の生き方を探すためにインドを放浪し、帰国後まもなく、本格的なインド料理レストラン「DiDi」を京都で始める。妻でハーブ研究家のベニシア・スタンリー・スミスさんとはレストランのお客として知り合い、92年に結婚した。

京都大原の山里に暮らし始めて

僕は1996年に、イギリス人の妻・ベニシアと
息子悠仁《ゆうじん》と3人で、京都大原の山里に引っ越してきました。
暮らしながらの民家改修や、ここで経験したこと、
考えさせられたことなどを綴っていきます。

写真、文・梶山 正

ナラの倒木に顔を出した、おいしそうなナメコ。僕にとって、秋の山歩きの楽しみは紅葉とキノコ狩り。

京都北山の沢で、色づいたウリハダカエデの葉を見つけた。緑色の地に縞模様が付いた樹皮を、ウリの実にたとえたのが名の由来だ。

京都盆地より遥か北の若狭へと続く山々は京都北山と呼ばれ、大原もその山域に含まれる。ススキが見られる低い里山である。

vol.23

「秘密の花園」を見に行く

畑で今収穫したばかりのキュウリ、ナス、万願寺唐辛子を見せてくれるノリちゃん。

6月のある日、僕は大原の酒屋さんを訪ねた。目的は、この店の看板娘のお花畑。35年前から、僕は大原の金比羅山という岩山に岩登りに通っていて、岩登りの後は、ここでビールを買い、バスを待った。大原に越してくる前は、京都市街地で僕は暮らしていた。その頃、小学校低学年のノリちゃんが、店頭で遊んでいたことを覚えている。

そのノリちゃんが、今では我が家の庭の手伝いによく来てくれる。彼女はフラワーアレンジメント講師の資格を持つフラワーデザイナーだ。ノリちゃんは自分のお花畑を持っていると聞いたので、ぜひ見たいと僕は頼んでみたのだ。

戸寺町の路地を登って行くと、近所のお爺さんが「どこに行くの?」と気軽に彼女に話しかける。村を抜けて扇状地状の谷間に着いた。かつては、よく手入れされた段々畑が広がっていたようだが、今では自然に帰りつつある。

「ここがウチの野菜畑です」とノリちゃん。害獣除けネット柵の中にはキュウリ、モロッコ豆、ゴーヤ、オクラ、万願寺唐辛子、トマト、ナスがたくさん育っていた。

ノリちゃんは幼い頃から、お父さんや祖父母、叔母さんたちに付いてよくこの畑に来た。雑草の花を摘んで遊んだり、畑仕事の手伝いをしたそうだ。この畑で過ごした時間が、彼女を花好きにしたのだろう。祖父母やお父さんが亡くなってからも、ノリちゃんは一人でここにやって来る。土を耕すなど力仕事はお兄さんがやるが、野菜を植えて収穫するのはノリちゃんの仕事だ。野菜たちの活力を盛り上げるかのように、畑の中央にはメドウセージの紫色の花が咲いていた。

畑の脇を流れる澄んだ小川で野菜を洗う。

続いてノリちゃんが一人で耕してつくり上げたお花畑がある最上段に登った。害獣除けネット柵をくぐって中へ入ったが、僕の期待していた花が咲き乱れる別世界ではなかった。混沌とした、カオスのような……。

「なんか、むちゃ……ワイルドやなあ!」と思わず口に。どこまでが育てている花で、どれが野生の草なのだろう? また、どこをどう歩いたらいいのか……? 僕はその場に突っ立っていた。そんな不安な僕の心情を気にせず、ノリちゃんはお花畑の説明を始めた。

「このブルーベリーとグズベリーの実は、鳥に食べられないようにわざとこの雑草で隠しているんですよ」。

以前、雑誌の取材で我が家の庭に著名作家が来た。ちょっと困った顔の作家に、ベニシアが庭のハーブの説明を始めると、彼の顔はだんだん明るくなった。

「じつは草だらけの庭かと思い、どう書こうかと困っていました。これってハーブなんですね」と作家は正直に打ち明けてくれた。

我が家の庭は、草だらけで花が少ないと批判されることが、しばしば。人は、自分の持つ既成概念から外れたものを排除したいと思うものなのだろう。

「このジギタリスは日本の野生種です。大原は暑いからもひとつ元気がないのかなあ。このギボウシは元気がよくて増えすぎるんで『ゴメンな』って言って、切らせてもらうんです」。ノリちゃんは、よく植物に話しかけるそうだ。

今年の5月に第17回国際バラとガーデニングショウが埼玉の西武プリンスドームで開かれ、我が家の庭も参加した。ノリちゃんは会場に出向いて、協力してくれるガーデナーたちと一緒に、会場に大原の我が家の庭を再現してくれた。

「フラワーデザイナーとガーデナーは花に対する感覚が違うのかもしれ

右：ブラックベリー。
左：グズベリー。

「秘密の花園」にカワラナデシコのピンクの花が咲き乱れていた。中央奥に植えられた巨大な西洋ススキが、花園の番人の貫禄を見せている。

ません。ガーデナーは植えた花を、後で見栄えがよくなるようにバンバン剪定するんですよ。私は花たちが可哀想で、可哀想で……。はじめは切られた花たちを拾ってまわっていましたが、そのうちあまりに数が多いのでどうしようもなくなりました。そしたら、近くの庭をつくっていたフランス人が来て『捨てるんならください』と頼むのであげました。彼はちゃんとその花を飾ってくれたから嬉しかったです」。

「あのツクシイバラとナニワイバラは、もらった茎を挿し木して増やしたんですよ……」とノリちゃん。ここに来る途中の道端に咲いていた紫陽花も彼女が増やしたもの。大原を花だらけにしようと彼女は思っているのだろうか？

「このハーブはベルガモット、ルー（ヘンルーダ）、エキナセア、レモンバーベナ、アップルミント……。これはイブキトラノオとカワラナデシコ、ワレモコウ、リンドウ。あっ！このミズヒキは斑入りなんです」。ハーブだけでなく山野草も彼女の好みとか。「あそこの大きなススキは西洋ススキで、この柚の木は私が生まれる前からあるようです。このボタンヅルと野ブドウは勝手にこのゲートの上を這っているんですよ」。

　ノリちゃんの植物の説明を聞きながら見ていくうちに、最初に受けた印象が変わっていることに気付いた。ノリちゃんの植物との関わり方を僕が理解できなかったということだろうか。はじめはカオスに見えていた草むらが、ノリちゃんと植物の秩序に基づいてつくられた「秘密の花園」に見えてきた。

右：ベルガモットの花とクマバチ。　左：イブキトラノオ。

PROFILE
かじやま・ただし／1959年長崎県生まれ。写真家。山岳写真など、自然の風景を主なテーマに撮影している。登山ガイドブックほか共著多数。84年のヒマラヤ登山の後、自分の生き方を探すためにインドを放浪し、帰国後まもなく、本格的なインド料理レストラン「DiDi」を京都で始める。妻でハーブ研究家のベニシア・スタンリー・スミスさんとはレストランのお客として知り合い、92年に結婚した。

京都大原の山里に暮らし始めて

僕は1996年に、イギリス人の妻・ベニシアと
息子悠仁《ゆうじん》と3人で、京都大原の山里に引っ越してきました。
暮らしながらの民家改修や、ここで経験したこと、
考えさせられたことなどを綴っていきます。

写真、文・梶山 正

春の訪れを告げるネコヤナギを川辺で見つけた。銀白色の花穂を猫の尾に見立てたのが名の由来だ。

2月に大原の北の皆子山に登った。971.3 mと高くはないが、京都府の最高峰である。山頂から武奈ヶ岳の立派な山容が見えた。

たくさんのヤドリギ。英国では、ヤドリギの下ならキスが許されると言われているので、想いの人をこの木の下に連れて行くそうだ。

vol.24

目には見えないが、怖そうなもの

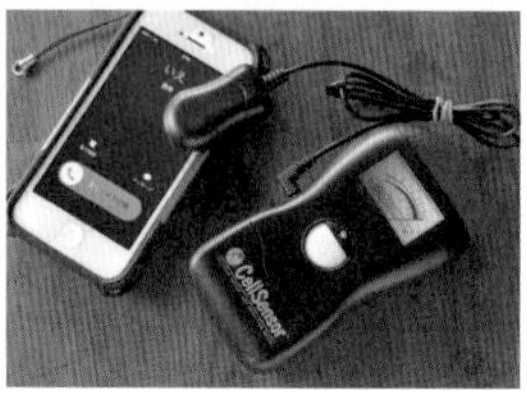

上：ある日突然、近所に建った携帯電話基地局の柱。
左：携帯電話の電磁波を電磁波測定器で測ってみる。

緑豊かで閑静なこの地に住み始めて19年になる。大原での暮らしを楽しんでいたのだが……。

8月末のある日、「うちの前に電柱のようなものが建ったんですが、ご存じですか？」と斜向かいに住む横山さんが知らせてくれた。横山さんは有機農業をやるため、昨年4月に引っ越してきた3人の幼い娘さんを持つ若い夫婦だ。彼はいくつか問い合わせて、それが携帯電話基地局（携帯電話の電波を中継するアンテナ）であることが判った。

工事から数日経ったある日、基地局の説明を求めた横山さんに応じて、近くにある病院職員二人がやって来た。基地局が建つ土地の地主が、その病院なのである。僕とベニシアも一緒に説明を聞くことにした。「基地局が建つことは何も知らされてません……」と横山さん。「携帯電話の電波状況を良くしたいのでアンテナを建てたいと、電話会社からうちは依頼されました。この説明書を配ってもらうよう、今年の1月にそちらの町内に手配したはずですよ」と職員。ところが、僕も横山さんもその説明書の文面を見た覚えはなかった。しかも8カ月も前のことである。「私たちはよくわからないので、詳しくは電話会社に聞いてください」と僕たちは言われた。

基地局から最も近い横山さんの家の距離を測ってみると45メートル、我が家は90メートルである。直ぐそばは田んぼや畑に囲まれており、地主の病院は150メートルほどであった。

ベニシアも僕も携帯電話の電波とか電磁波について、ほとんど何も知らなかったが、何となく怖れていた。それで少し調べてみることにした。電磁波とは電場と磁場が交互に振動しながら空間を波のように伝わるエネルギーのことで、テレビや携帯電話に使われる電波は電磁波という大きなグループの中の一員である。もともと自然界に存在する光も電磁波のひとつだが、電波のような電磁波は人間が人工的に作り出したものだ。そういう電磁波を利用する携帯電話は非常に便利なものであるが、健康被害があることも世界中で報告されている。

ある日ベニシアが畑でハーブの種まきをしていたら、横山さんの長女が手伝いに来てくれた。「心配やね。夜眠れなくなるかもしれないね」と彼女。たった5歳の女の子の口からそんな言葉が出てきたことにベニシアは驚かされた。基地局ができたら庭のハーブもだめになるかもしれないとベニシアは思っている。人の健康被害だけでなく、ミツバチがいなくなったり、奇形植物ができることもあるそうだ。そんなことを考えながら土を触っていると涙で目がかすんだという。

ベニシアは知人に頼んで携帯電話電磁波の健康被害記事のコピーを作って貰い、基地局の存在をまだ知らない町内の人びとに話して回った。すると8月末の町内集会の話題は基地局のことで持ちきりになった。今

庭の雪をかきわけて、料理に使うローズマリーを剪定する。

冬の間は、暖かな薪ストーブのそばで、読書をするのが楽しい。

はまだ柱が建っただけだが、それにアンテナが付いた後では基地局を撤去させることは難しくなるかもしれない。今のうちに住民が意志を表示しなければ、基地局が設置されて我々は泣き寝入りとなりかねない。説明会を電話会社が開くよう交渉すると町内会長は約束してくれた。

僕は基地局の存在を気にするようになって、改めて大原を歩いてみた。すると、知らないうちにあちこちに基地局ができていたことを知った。そういえば、1年ほど前からベニシアは「目が見えにくい。頭痛がする」とよく言うようになり、忘れっぽくなっていた。年のせいだろうと僕は思っていたが、電磁波過敏症の症状に似ていることも気になる。

2週間ほど過ぎた9月15日に、電話会社の社員5名により基地局の説明会が公民館で開かれた。参加を期待していた地主である病院からは誰も来なかった。

「病院内の携帯電話の電波状況が悪いので良くなるようにして欲しいと、私たちは病院から依頼を受けました」と電話会社社員。これは、2週間前に聞いた病院職員の説明とまったく逆である。しかも、アンテナは病院に向けられるので、その反対側の井出町に恩恵はないという。僕たちは24時間基地局からの電磁波にさらされて、健康影響や被害リスクを受けるだけである。説明を続けようとする電話会社の話の途中で「私は反対です！」とベニシアが割って入った。それが口火となり質問や意見が飛び交った。

「携帯電話は健康にまったく問題ありません。国もそう言っているし、我々はすべて法律に定められた基準内で進めています」と電話会社は言い切った。2時間はあっという間に過ぎたが、説明に納得した人は一人もいなかったと思う。

現在、世界の人口は約73億人だが、携帯電話は世界で50億以上普及しているそうだ。目には見えないが、携帯電話の電波だけでも50億があちこち飛び交っているのだ。日本政府やマスコミはなぜか電磁波問題に関してあまり触れようとしないが、取り組んでいかなければならない環境問題のひとつではなかろうか。

携帯電話を直接耳に当てて長く話すと、耳が熱くなりヒリヒリしてくる経験はないだろうか。携帯電話の電波は電子レンジに使われているような高周波電磁波が使われている。つまり、耳が熱く感じられるのは、耳の奥が電子レンジで調理されているようなものだ。「携帯電話は危険なので、イヤホンやヘッドホンを使って脳から離して使うべき」とどうして販売するときに電話会社は教えてくれないのだろうか。基地局を通して、電磁波について少しは勉強する機会ができたことをポジティブに受け入れて、気に入った大原での生活を続けていきたいと思っている。

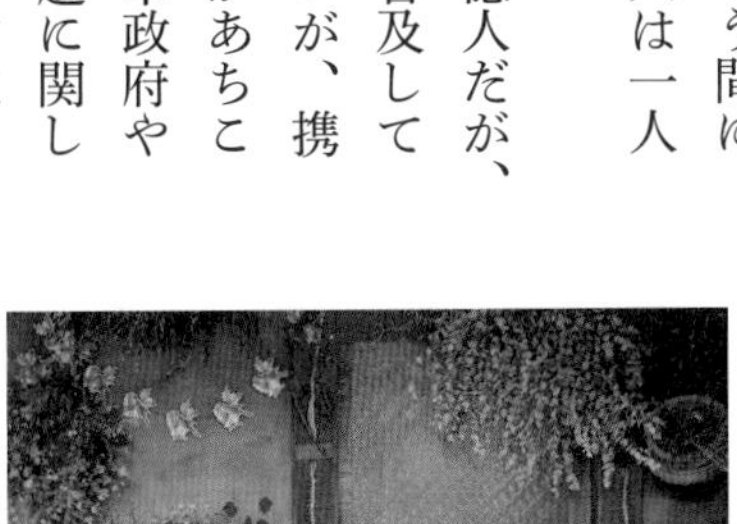

上：クリスマス用に飾り付け。
下：雪から顔を出す水仙とビオラ。

PROFILE
かじやま・ただし／1959年長崎県生まれ。写真家。山岳写真など、自然の風景を主なテーマに撮影している。登山ガイドブックほか共著多数。84年のヒマラヤ登山の後、自分の生き方を探すためにインドを放浪し、帰国後まもなく、本格的なインド料理レストラン「DiDi」を京都で始める。妻でハーブ研究家のベニシア・スタンリー・スミスさんとはレストランのお客として知り合い、92年に結婚した。

春の山歩きの楽しみは花を見つけること。近くの山で、ニリンソウとタチツボスミレが仲良く咲いていた。

京都大原の山里に暮らし始めて

僕は1996年に、イギリス人の妻・ベニシアと息子悠仁《ゆうじん》と3人で、京都大原の山里に引っ越してきました。暮らしながらの民家改修や、ここで経験したこと、考えさせられたことなどを綴っていきます。

写真、文・梶山 正

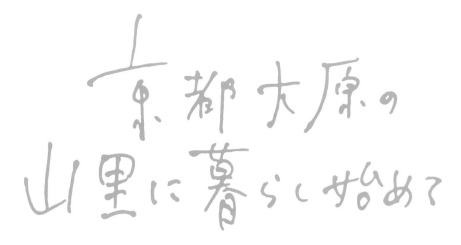

京都府北部、綾部市の君尾山(きみのおさん)に育つ、日本で4番目に大きなトチノキ。樹高23m、幹回り10.4m、樹齢1000～2000年。主幹は空洞化しているが、元気だ。

vol.25

大原で暮らし始めたのは、チベットが原点？

外壁に漆喰を塗る陽平さん。漆喰は防水性がある不燃素材で、日本では4000年も前から使われているそうだ。

上・中／商品になる古道具椅子のクッションと生地を張り替える真琴さんと見守る蓮君。　下／天井を高く変え、白い漆喰を塗り、とても明るくなったダイニング・キッチン。

　昨年の春頃、大原寂光院近くに「ツキヒホシ」という名の古道具屋さんができた。２０１４年９月に京都市街地から越してきた山本さんの奥さんの真琴《まこと》さんが始めたそうだ。古道具好きのベニシアは、さっそく小皿を数枚買ってきた。「若い人が自分でつくった店みたい。あなたも散歩のついでに覗いてみたら？」とベニシアにすすめられた。ご主人の陽平《ようへい》さんは報道カメラマンで、森歩きが好きな人とも聞いたので、会ってみたくなった。

　僕が山本家を訪ねたその日、陽平さんは留守だったが、築１００年の家の室内を真琴さんが見せてくれた。僕は、大原に越してきた人がどのように古民家に手を加えているのか興味があり、見せて欲しいと頼んだのだ。ゆったり広い敷地に主屋と離れとお店の3軒がある。家の前を流れる沢には3メートルほどの滝が落ち、滝壷は泳げるぐらい深い。

「初めてこの家を見に来たときは、沢の岸辺のモミジがちょうどオレンジと黄色に紅葉していました。その美しさに心が鷲掴みにされたんですよ」と真琴さん。夫婦ともども、この家に一目惚れした。家は立派ながっしりとしたつくりで大切に手入れされて、昔のままの状態に保たれている。もしも第二の人生を考えることがあるとしたら、ここでなら何かやっていけそうな気がしたそうだ。

　家の中を見せてもらい、僕は明るいなあと感じた。日本の古民家はしっとりと落ち着いた雰囲気があるが、おおむね室内が暗い家が多い。最近の新しい家のように白い壁や天井にすれば、光が反射して明るくなるのは判っているが、果たして古民家にそれが合うだろうかと僕は思っていた。山本家の壁や天井は、白い漆喰が塗られている。明るくいい感じで、伝統的な家のつくりにすっかり馴染んでいた。

「延べ２～３カ月かけて、夫婦二人で漆喰を塗りました」と真琴さん。僕はびっくりした。「クロス壁は和風建築に合わないと思ったし、化学的な材料によるシックハウスも気になるので、漆喰を選びました」。

　我が家では近頃「家の中が暗くて何も見えない」とベニシアが昼間から煌々と家中の電灯を灯している。壁や天井、戸など黒い木の建具が我が家には多い。電灯を点けなくても、外光をうまく取り入れて、明るい室内にするいい方法はないか僕は常々考えていたが、山本家のようにすればいいのだ。近々、手つかずの箇所に漆喰を塗ると聞いて、僕は見学させてもらう約束をした。

　山本家に着くと「僕と遊びに来たの？」と5歳の蓮《れん》君が元気に迎えてくれた。「う～ん、お父さんの壁塗りを見た後でね」。漆喰を練っている陽平さんと初対面の挨拶を交わし、壁塗りの段取りを聞

家の横の落合の滝は、寂光院に隠棲した建礼門院の歌にも登場する。

蓮君は大原学院にある保育園「小野山わらんべ」に通っている。ツキヒホシは古刹、寂光院のすぐ近くだ。

いた。床や柱などが漆喰で汚れないよう、まずシートやテープで養生する。それから漆喰を下塗りし、それが乾いたら、その上から上塗りする。下塗り材と上塗り材は別で、上塗り材の方がきめが細かいそうだ。

陽平さんが準備している間、真琴さんは商品となる古家具の椅子のクッションと生地の張り替えの様子を見せてくれた。だいぶ前、真琴さんが北野天満宮の古道具屋さんに「私は古道具が好きなんです」と話したところ「じゃあ、自分でやってみたら？」と言われたことが店を始めるきっかけになったそうだ。店の名は「月日星～♪」と囀る三光鳥《さんこうちょう》の鳴き声からもらったそうだ。

準備ができた陽平さんは慣れた手つきで、土壁の上に1～2ミリほどの厚みで下塗り材を塗った。漆喰とは、消石灰に砂、海藻糊、スサを混合して水で練った塗壁材だ。

美しく磨かれた昔の日用品が並ぶツキヒホシ店内。モノや道具に対する真琴さんの愛情が感じられる。
http://tsukihihoshi.blogspot.jp/

成分の配合を変えて、各社からさまざまな商品がつくられている。

「陽平さんが使っている漆喰の商品名は何ですか？」「ロハスウォールです」。僕はその名前にちょっとびっくりした。山本夫妻と会ってまだ、ほんの数時間しか話していないが、ロハス「lifestyles of health and sustainability」（健康で持続可能な生活様式）という言葉が、僕の頭の隅でチラチラしていたのだ。

二人の出会いは１９９９年、ネパールのポカラという大きな湖がある静かな町。陽平さんは大学時代に中国からヨーロッパへ旅行。チベットからネパールへ旅行中の大学生、真琴さんとポカラで出会った。帰国後、陽平さんは大学写真部の展覧会の案内を真琴さんに送り、それがきっかけで交際が始まった。新婚旅行は2週間、ラダックへ向かった。二人はチベット文化に興味があったのだが、１９５９年にチベットの指導者ダライ・ラマ14世は多くのチベット人とともにインドへ亡命していた。現在のチベットは中国に支配され、かつてのチベットの面影はない。それで、今もおおらかなチベット文化が受け継がれているインド北部のラダックを訪ねたのだ。

「ここに住むようになった理由は、京都のチベットと言われる大原だから住みたくなったんですか？」とちょっとふざける僕。

「そうかもしれません。いろいろと繋がっているのでしょうね」と陽平さんは笑った。

大原では蛙の声を聞いたり、田畑に植えられた稲や野菜の成長、蛍が飛ぶのが見えることなど、季節の細かな変化を肌で実感し、楽しんでいるそうだ。野菜なども、スーパーでただ商品を買ってくるのではなく、知った顔のお百姓さんがつくっているので安心だという。

さて、ぼちぼち帰ろうとしたら、「梶山さん！　さっき、あとで僕と遊ぶって言ったやん！」と蓮君。「ゴメン、ゴメン。また来るから……」「今度はベニシアさんとか、みんなで来てね」「ありがとう！」

PROFILE

かじやま・ただし／１９５９年長崎県生まれ。写真家。山岳写真など、自然の風景を主なテーマに撮影している。登山ガイドブックほか共著多数。84年のヒマラヤ登山の後、自分の生き方を探すためにインドを放浪し、帰国後まもなく、本格的なインド料理レストラン「DiDi」を京都で始める。妻でハーブ研究家のベニシア・スタンリー・スミスさんとはレストランのお客として知り合い、92年に結婚した。

琵琶湖の真ん中にある沖の白石。高さ20m水深80m。つまり高低差100mもある岩だ。

京都大原の山里に暮らし始めて

僕は1996年に、イギリス人の妻・ベニシアと
息子悠仁《ゆうじん》と3人で、京都大原の山里に引っ越してきました。
暮らしながらの民家改修や、ここで経験したこと、
考えさせられたことなどを綴っていきます。

写真、文・梶山 正

日本の淡水の約3分の1が琵琶湖にある。それは京阪神約1400万人の飲み水となっている。

山に囲まれた大原のすぐ東には、日本で最も大きな湖が広がっている。僕はカヤックに乗り琵琶湖を訪ねている。

ベニシアは5歳の頃、バルセロナで暮らした。スペインを思い出してアレンジした花。

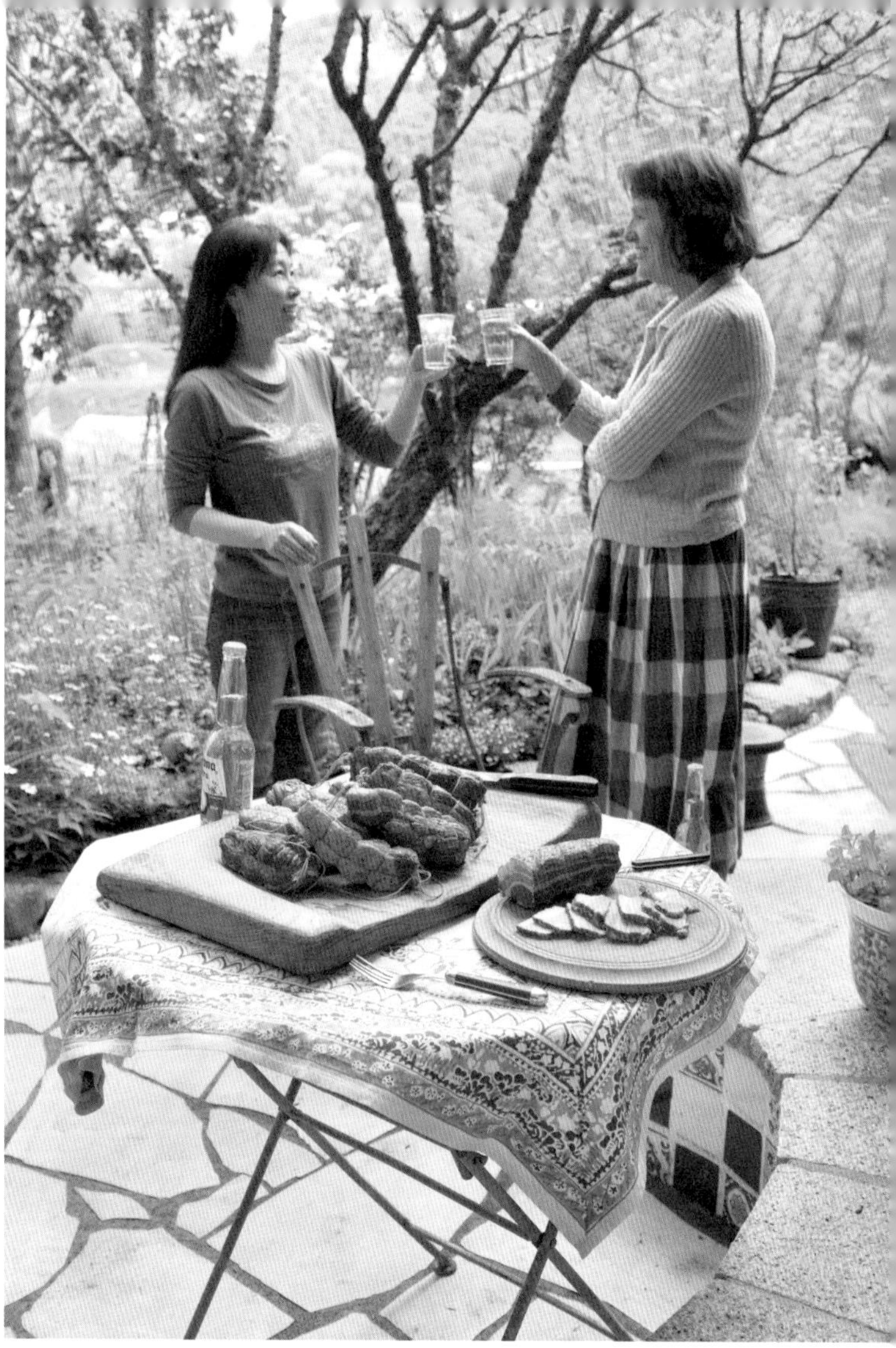

でき上がったベーコンの味見は楽しい。ワイルドな燻煙の香りで、脂臭さが消えた。

vol.26

自分が燻煙されようが、ベーコンづくりはやめられません

久々にベーコンをつくろうと思い立った。

　でもその前に、薪ストーブの煙突掃除もやらなければ。つい先日、薪ストーブに興味ありの人が訪ねてきた。僕は失態を演じた。半月ほど前からストーブの煙の抜けが悪くなっていたのに、煙突掃除をせぬまま使っていた。その日、僕はそのお客さんに薪ストーブ講釈をいろいろとした後に、薪に火をつけた。煙は抜けず、家中モクモクとなり、お客さんはベーコンになるところだった。僕が偉そうなことを喋っても、この煙突が僕の薪ストーブレベルのすべてを物語っていた。とにかく掃除が先決だ。

　ここ3カ月間、家に閉じこもって運動もせずに原稿書きに追われた結果、僕は人生最大の体重となっていた。煙突掃除は2段式4・5メートルのハシゴを9メートルに延ばして作業をする。久々に高いところに登るので、僕はかなり慎重に行動した。落ちてケガをしないように。4時間ほどかけて掃除を終え、うれしい気分で僕はビールをあけた。外出していたベニシアがちょうど帰ってきたので、一緒に飲んだ。一息入れたところで、長いハシゴを片付けることにした。

　長さ4・5メートル、重さ20キロほどあるハシゴを家の軒下に運ぶのはなかなかの重労働だ。庭には木や花や植木鉢などたくさんあるので、ハシゴをぶつけないようそれらを避けて進むのは難しい。ハシゴの先を物にぶつけないよう、視線は足元を見る余裕がまったくない。狭い通路を直角に曲がるところで、足首に激痛が走った。ハシゴを投げ出したいところだが、とりあえず家の壁にハシゴを立て掛けて、おそるおそる足首に目をやった。クロックスのサンダルの中が血の海になっている。植木鉢の欠けた縁でやられたのだ。

　コンクリートのポーチへ行き、地べたに座り込んで傷の具合を見た。深さ2センチ、長さ6センチ切れており、血が心臓の鼓動と共にドクッドクッと泉のように湧き出て来る。コンクリート床は血で赤く染まっていく。

「救急車を呼んでくれー!」と僕はベニシアに叫んだ。あんなにケガしないよう慎重にハシゴに登って作業したのに、仕事をやり終えた後、片付け途中でのケガだった。救急病院で7針縫う治療を終えて、僕は帰宅した。

　肉体的な痛みはもちろんあるが、僕はこのケガで精神的にかなり落ち込んだ。長期間の原稿書きからようやく解放されて、これから好きな登山を再開しようと思っていたところなのに。

＊

　ケガの前日、僕は豚バラ肉を3キロ買ってきて、塩漬けにしてい

燻煙中の肉。温度や害虫管理など考えると、ベーコンづくりは夏を避けて秋から春がいい。

右上から時計まわりに　／流水にさらし余分な塩分を抜く。　／節約のため自家製の粗い燻煙材（上）と市販のチップを混ぜて使用。　／スモーカーに入れて燻煙中。　／塩抜きした肉を吊して乾かす風乾。

た。冷蔵庫で肉を5日間ほど寝かせて、塩とスパイスに漬けた後、塩抜きして燻製にかかる。ベーコンはすぐにでき上がる料理ではなく1週間ほど必要だ。その時間をつくり出すことも調理の要素である。

　塩漬けして1週間が過ぎたのに、急な仕事と奮闘していた。冷蔵庫の中から「早く燻製にしてくれ〜」とバラ肉たちの声が聞こえる。塩漬けして8日目、いよいよ今日は絶対やるぞと決めたその日は雨になった。まず約3時間、流水で「塩抜き」する。それから、爽やかな風に6時間当てて乾かす「風乾」作業なのに、雨とは悲しい。仕方がないので少しでも乾くように、吊った肉に扇風機の風を6時間当てた。スモーカーに肉をセットし、燻煙材を入れずに、まず1時間ほど40〜50℃で半温熱乾燥させる。それから燻煙材を入れて4時間ほど60〜65℃で燻煙する。熱源は炭を基本とするが、僕は登山用携帯コンロも併用する。炭だけだと温度管理が難しいからだ。

　家の中で燻煙すると、僕たち家族もベーコンになる。それで、煙が外に抜けるポーチで燻煙することにした。始めたのが夕方6時と遅い時間で、焼酎を飲みながらの作業だ。これまで、飲みながら燻煙して、そのまま寝てしまったことも度々あった。

　翌朝、つくったベーコンの写真を撮ろうと撮影セッティングしていると、庭師のバッキーとかノリちゃん、マイちゃん、レイナとか、朝から続々といろんな人が現れた。僕は忘れていたが、その日はベニシアが企画したオープン・ガーデンの日だという。僕は急いで撮影を進めるが、皆の目はベーコンを凝視している。「おいしそう、上手につくりましたね〜」と言ってくれた。でも褒める言葉の裏には、「私たちにも当然、分け前があるんでしょう…!」と皆の目は語っていた。

　撮影を終えると、すぐにスライスして皆に食べてもらった。嬉しそうな顔がたくさん見える。ケガで落ち込んだ日々を送っていた僕だが、「うまい!」の言葉にジンワリ元気が出てきた。

PROFILE
かじやま・ただし／1959年長崎県生まれ。写真家。山岳写真など、自然の風景を主なテーマに撮影している。登山ガイドブックほか共著多数。84年のヒマラヤ登山の後、自分の生き方を探すためにインドを放浪し、帰国後まもなく、本格的なインド料理レストラン「DiDi」を京都で始める。妻でハーブ研究家のベニシア・スタンリー・スミスさんとはレストランのお客として知り合い、92年に結婚した。

京都大原の山里に暮らし始めて

写真・文＝梶山 正

僕は1996年に、イギリス人の妻・ベニシアと息子と3人で、京都大原の山里に引っ越してきました。暮らしながらの民家改修や、ここで経験したこと、考えさせられたことなどを綴っていきます。

秋の野山を歩くとキノコに出会えて嬉しい。キノコは色や形がなんとなく不気味で魅力がある。上のアカウロコタケとカワラタケは見るだけだが、下のナラタケは食べる楽しみも。左ページ／色鮮やかに染まった秋の大原。

vol.27

野生イノシシのインドカレーを味わう

その日は京都市街地で知人と会い、夜の10時頃に帰路についた。原付スクーターにまたがり、気分転換に、いつもと違う山沿いの道を走った。江文峠を越えて大原の小道に差し掛かると、道路脇から少し離れた畑の暗闇に、獣の光る目がいくつか見えた。僕はそのまま速度を落とさず通り過ぎようとしたが、なぜかその光る目が突然僕のスグ横に近づいたように感じられた。

突然、僕は宙を飛んだ。腰を強打し、しばらく起き上がれないでいた。器械体操の飛び込み前転のように1回転して頭も打ったが、幸いヘルメットが守ってくれた。ようやく起き上がり、倒れたスクーターを起こそうとすると、まだ近くにいる鹿たちが「ピー」と甲高い警戒の叫び声をあげた。

それから1週間ほど腰が痛かった。鹿の飛び出しで車が凹んだり廃車になった話など、これまで耳にしていたが、まさか我が身に起きるとは……。はじめの2日間ぐらいは、鹿が目測を誤まり、ぶつかってしまったのだろうと僕は思っていた。鹿だって痛い思いをしたくないはずだ。ところが、日が経つにつれ僕の考えは変わった。母親の鹿が子鹿を守るために、僕を攻撃したのかもしれない……と。

上／近くの山で獲ったイノシシをさばく千松さん。　下／解体してブロック状に分けた猪肉は、パックして冷凍保存している。

今、日本中の野山で鹿が増え続けている。僕がよく訪れる、長野県の日本アルプスや滋賀県の伊吹山などでも、これまで見事だった自然のお花畑が消失し続けている。鹿が草花を食べてしまうのだ。

15年ほど前までは大原近辺に山ヒルはほとんどいなかったのに、今は増えている。鹿がヒルを運ぶのだ。大原盆地周辺の山裾は、害獣除けネットが張りめぐらされているが、それでも田畑に鹿が入ってくる。大原はもちろん、日本中で猟師の数が減るにつれ、鹿やイノシシが増えているという。

これまで僕は、自分で猟をすることはないだろうと思っていた。ところが、鹿とぶつかってから、猟について少し考えるようになった。野生の獣を身近に感じたからだろうか？　そんなことを考えていると、なんだか野生のイノシシが食べたくなってきた。

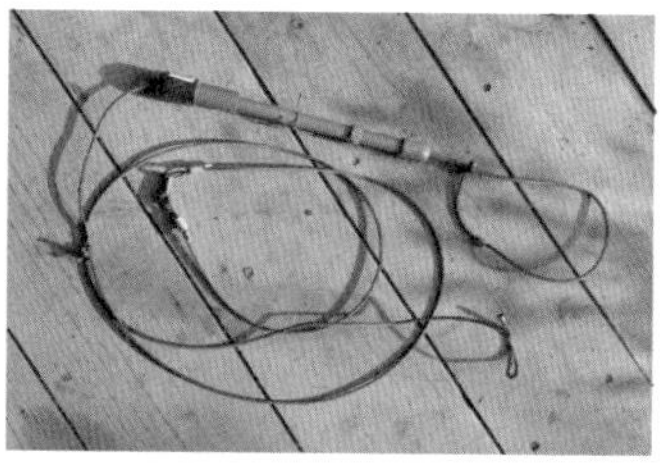

ククリワナという仕掛け。

＊

我が家から車で15分ほどの山際に猟師の友人が住んでいる。２００８年に『ぼくは猟師になった』（リトルモア）という本を書いた千松信也さんだ。彼のこの本は、出版されてすぐに話題となり、狩猟ブームの先駆けを担った本といわれている。彼はククリワナという仕掛けをつくって、イノシシと鹿を獲っている。鉄砲は使わない。最後は鉄パイプで仕留める。

今年1月、千松さんがイノシシを解体し、食肉をつくる様子を、僕は写真で記録した。作業場に行くと、千松さんの他に3人の若い女性が手伝いに来ていた。狩猟は、泥臭く血生臭そうで、若い女性に敬遠されそうなものと僕は思っていたが、じつはそうでもないようだ。その3人の女性たちは、毛皮と肉の間に尖ったナイフを突き刺して、上手に毛皮をはがし、食肉用の肉のブロックをつくり上げていた。

あのイノシシ肉はまだあるだろうか？ 千松さんに電話してみると、明日の夕方取りに来るように言われた。

翌日、彼の作業場へ行くと、ブンブンと賑やかなミツバチがいる四つの養蜂箱を見せてくれた。おまけに僕の大好きな採れたてハチミツもいただいた。彼の周りに集まる人々は、身近なその辺の自然から食料やら生活の役に立ちそうなものをタダで調達してくる、彼のマジックを楽しんでいるのかもしれない。

さて、イノシシカレーである。僕のつくるカレーはインド仕込みだ。インドを8カ月間ぶらついて、現地で覚えたもの。宣伝みたいで申し訳ないが、インドから帰国してインドカレー屋「DiDi」という店を32年前に京都で開いた。お店は今も健在である。

＊

上／右上よりチリ、クミン、コリアンダー、ブラックペパー、ターメリック。
下／カルダモン、シナモン、クローブ、ブラックペパーでガラムマサラをつくる。

イノシシカレーの基本スパイスはコリアンダー、クミン、ターメリック、チリ、ブラックペパーの5種類。よく、日本の市販カレー粉とかカレールゥには20～30種類ものスパイスが秘伝の調合とか書かれているけど、あれがホントなのか僕は信じられない。たくさん混ぜたら、なんでも美味しくなるというものではない。

刻んだニンニクとショウガを油で炒め、みじん切りしたタマネギを濃いキツネ色になるまで炒める。そこに上述の粉にしたスパイスを混ぜ、角切りのイノシシ肉を一緒に炒めたあと、トマト、水、ベイリーフを加え煮込む。たまたま、冷蔵庫に大根と人参があったからそれも加えた。

1時間ほど煮るとイノシシ肉が柔らかくなり、野菜も煮崩れしてとろみが出てきた。インドのカレーは日本のカレーのように小麦粉でつくったルゥでとろみを出すことはしない。塩で味を調え、香り付けにカルダモン、シナモン、クローブ、ブラックペパーでつくったガラムマサラを最後に加えて出来上がりだ。

イノシシ肉は豚肉のような臭みがなく、コクがあるがクセがない。美味しく食べ終わる頃、野生パワーを吸収した僕は、イノシシのように鼻息が荒くなっていた。

新鮮な野菜にハーブのナスタチウムとチャビルの花を飾った。

ホップとフジが気持ちいい木陰を作る我が家のテラスで、野菜と猪肉がたっぷり入ったインドカレーをいただくベニシアと孫の浄。

Tadashi Kajiyama

かじやま・ただし／1959年長崎県生まれ。写真家。山岳写真など、自然の風景を主なテーマに撮影している。登山ガイドブックほか共著多数。84年のヒマラヤ登山の後、自分の生き方を探すためにインドを放浪し、帰国後まもなく、本格的なインド料理レストラン「DiDi」を京都で始める。妻でハーブ研究家のベニシア・スタンリー・スミスさんとはレストランのお客として知り合い、92年に結婚した。

京都大原の山里に暮らし始めて *vol.28*

梶山正＝写真、文

僕は１９９６年に、イギリス人の妻・ベニシアと息子悠人《ゆうじん》と３人で、京都大原の山里に引っ越してきました。暮らしながらの民家改修や、ここで経験したこと、考えさせられたことなどを綴っていきます。

右／ブナの枝に霧氷の花が咲いた。気温が氷点下のとき、
空気中の水蒸気や過冷却の霧が樹木などに付着して霧氷ができる。
左／カシワについた霧氷。これは甘い柏餅を包む葉だ。秋に枯れた葉は、
春まで落葉せずに冬を越すので、柏餅は子孫繁栄の意味があるとか。

楽しいクリスマス

1年を通して、我が家で最も大きな家族イベントはクリスマス。日本では正月がそうなるが、我が家では妻のベニシアが生まれ育ったイギリス式となっている。

まず、11月中旬になるとイギリスのクリスマスには欠かせないクリスマス・プディングづくりが始まる。材料の小麦粉、ドライフルーツ、ナッツ、ブラウンシュガー、黒ビール、ブランデー、卵、スパイスを混ぜて、約12時間スチームする。蒸し上がったプディングにはコインを数枚埋め込んでおく。食べるときにコインを見つけた人には、幸運が訪れるそうだ。

さて次は、親しい人に贈るトラディショナル・フルーツケーキに取りかかる。材料はクリスマス・プディングとほとんど同じだが、これはオーブンで焼きあげる。焼けたケーキが冷めるとブランデーをかけて綿布に包み、ケーキ缶に密閉して一カ月間寝かせる。こうすることで、風味が熟成してより美味しくなる。また、小さなミンス・フルーツ・パイもつくって、冷凍しておく。これは12月に遊びに来るお客様用だ。

12月に入ると家のクリスマス飾りに取りかかるが、まずは材料集め。ヒイラギや松など常緑樹と赤い実の南天などを探しに、ベニシアは子どもたちと一緒に近くの森を歩く。そこで見つけた天然材料で、クリスマス・リースやクリスマス・キャンドルをつくる。

さていよいよクリスマス・ツリーと家の中の飾りつけが始まる。子どもたちは、電飾やオーナメントを取り出し、ツリーに吊るして飾り付ける。ベニシアは子どもたちとさまざまなクリスマスの伝統を共有して、この楽しみを次の世代にも繋げたいと願っている。ベニシアが子どもの頃、彼女の母親は一人でこっそりと飾り付けをやってしまい、子どもたちには触らせなかった。ベニシアにとって、それが寂しかったそうだ。

子どもたちがいい子にしていれば、サンタクロースがクリスマスイブの夜、靴下にプレゼントを詰めてくれるはず。子どもたちがサンタさんへ書いたお礼の手紙とサンタさんを労う赤ワインをグラスに注いで、皆はベッドに向かう。

いよいよ25日、クリスマスの到来だ。イギリスでは朝から教会に行くのが普通というが、我が家の皆は寝坊している。やがて、子どもたちはおもちゃでいっぱいになった大きな靴下を引きずりながら、嬉しそうに起きてくる。一緒にベニシア手づくりのシュトーレンと紅茶の朝食をいただく。それからクリスマス・ツリーの下に飾っていたプレゼント交換が始まる。

昼過ぎになるとオーブンに火をつけて、七面鳥を焼く準備に取りかかる。大きな七面鳥は焼けるのに半日もかかるからだ。クリスマス・ディナーづくりとテーブル・セッティングなどに追われるうちに、だんだん夕暮れとなる。家中に飾ったクリスマス・キャンドルの灯りが美しい。

やがて招待した友人たちが集まり、シャンペンの栓を開けて乾杯。それから大きな七面鳥をオーブンから取り出して切り分ける。薄くスライスしてディナー皿にのせていくのだが、これが結構難しい。ローストポテト、芽キャベツと栗、ジンジャー・オレンジ・キャロットを添え、グレイビーソースとクランベリーソースを肉にかけていただくイギリス定番のクリスマス・ディナーである。

フィナーレは11月に仕込んでおいたクリスマス・プディングの点火だ。部屋を暗くして、ブランデーをかけたプディングに火をつけ、青い炎に包まれたクリスマス・プディングをテーブルに運ぶと、必ず「ワーッ!」と皆は声を上げて拍手

上／楽しいホワイト・クリスマス。
下／ローズマリーやセージなどのハーブでクリスマス・キャンドルをアレンジするベニシア。

profile

かじやま・ただし／1959年長崎県生まれ。
写真家。山岳写真など、自然の風景を主なテーマに撮影している。登山ガイドブックほか共著多数。
84年のヒマラヤ登山の後、自分の生き方を探すためにインドを放浪し、帰国後まもなく、本格的なインド料理レストラン「DiDi」を京都で始める。
妻でハーブ研究家のベニシア・スタンリー・スミスさんとはレストランのお客として知り合い、92年に結婚した。

喝采となる。1年の思い出など話しながら、楽しいクリスマスの夜が更けていく。

*

通常、イエス・キリストは西暦元年12月25日に生まれたと言われている。ところが、新約聖書にキリストの降誕日（誕生日）に関する記述はなく、実際はＢＣ８年〜ＡＤ６年と諸説ある。また、羊飼いが誕生を祝ったあと夜中の見張りに戻ったと記されているが、現地で羊の放牧が行われるのは4〜9月で、冬の寒い時期は小屋に入れて外に出さないので12月ではないだろうとも。

クリスマスが12月25日とされたのは、4世紀頃からのようだ。ＢＣ７５３年からＡＤ１４５３年まで続いた古代ローマ帝国は、領土拡大の過程で周辺民族を取り込んでいく必要があった。

太陽神ミトラスを主神とする古代ローマのミトラ教の冬至の祭りは12月25日。また、古代ローマの農耕神サトゥルヌスの祭りであるサートゥルナーリア祭は12月17日〜23日である。また、古代ヨーロッパのゲルマン民族やヴァイキングの間で行われていた冬至の祭りユールも12月下旬の同じ時期に行われていた。古代ローマ帝国は領土を拡大し、かつ多民族をキリスト教化するために、クリスマスの日を定めたようだ。ＡＤ３９２年にはキリスト教を国教としている。多民族から反感を買わず、受け入れてもらいやすくするため、他宗教の祭りや冬至の日とクリスマスを同じ日としたのであろう。

ちょっと難しい話となった。ベニシアと暮らすようになってクリスマスを楽しむようになった僕は、その日を正月やお盆と同じように楽しいハレの日と受けとめている。

左／クリスマス・ツリーの飾り付けに熱中する悠仁と浄。
下2点／イギリスでは定番の伝統的なクリスマス・ディナー。
トラディショナル・フルーツケーキを焼く。材料が詰まった重いケーキで味も濃厚。薄く切って少しずついただく。
かつて、肉と果物入りポリッジだったものが、時代の流れとともにケーキやプディングに変化したという。

京都大原の山里に暮らし始めて

写真・文＝梶山 正

僕は1996年に、
イギリス人の妻・ベニシアと息子と3人で、
京都大原の山里に引っ越してきました。
暮らしながらの民家改修や、
ここで経験したこと、
考えさせられたことなどを綴っていきます。

たくさんの花が見られる5月の森は楽しい。蔓が巻き付いて森を覆うフジ(上)、コバノガマズミ(右)、ヤマツツジの花に来たミヤマカラスアゲハ(左)。　左ページ／渓谷の湿地に群生するクリンソウ。

vol.29

小さな手、大きな力

近くの森にタムシバの白い花が混じると、大原に春が来たことを知らされる。タムシバには花が多いアタリ年と少ないハズレ年がある。やがて、レンゲソウ、菜の花、山桜など次々と大原は花に包まれていく。

子どもが生まれると家の中が春のように、華やいだ雰囲気になる。息子の悠仁《ゆうじん》が生まれた日のことを、僕は昨日のことのように覚えている。僕は嬉しくて「この子って、特別かわいいと思いませんか?」と産婦人科の看護師さんに言うと「どこの親も、自分の子が特別にかわいく見えるもんですよ」と諭された。

生まれたばかりだというのに、小さな手の5本の指には、爪まで付いていることに僕は驚いた。「最初から全部そろって生まれてくるなんて、生命の神秘やなあ」と僕が感心していると、ベニシアは大きな目標をやり遂げて誇らしさに溢れた顔で微笑んだ。悠仁の小さな手は、僕が小学4年生の時、この世を去った弟のウックル君の手を思い出させた。

まだ言葉を話せず「ウックル、ウックル!」と話しかけていたので、僕たち家族は彼をそう呼んでいた。彼は生まれつき心臓に穴が開いており病弱だった。風邪をこじらせて肺炎になり、たった1年の彼の人生が終わった。ウックル君はいつものように安らかに眠っているように見えたが、体はもう温かくなかった。冷たくなってしまったウックル君の小さな手を握っていると、僕の体温でその手は少しずつ温まる。するとそのうちパッと起きて「ウックル!」と話すんじゃないかと僕は期待した。棺桶に移されるまで、僕はそうやって彼の手を離せないでいた。

悠仁はすくすくと元気に育った。幼い頃は、納豆ごはんが好物だった。英国やアイルランドに住むベニシアの家族を訪ねたときは、大量の納豆を持って行ったぐらいだ。

高校生になると悠仁は僕の背をはるかに越えた。バスケットをやっていたので、背が高いのは好都合だったことだろう。受験勉強をがんばって、ようやく大学に入った悠仁はビジネス英語の勉強を始めた。将来が楽しみだ……と期待していた。ところが、大学を3年ほどで辞めてしまった。悠仁は18歳で大学に入ると同時に大原の家を出て一人暮らしを始めたので、僕は彼と会う機会が少なかった。突っ込んだ話をすることも無かったので、彼が何を考えているのか僕はよくわからないでいた。僕も19歳で大学を中退している。僕が大学を辞めたとき、おそらく僕の父親が抱いた気持ちは、この時の僕と同じような気持ちだったろう。親から見れば子である若者のやることは、危なっかしくて心配してしまうものだ。自分

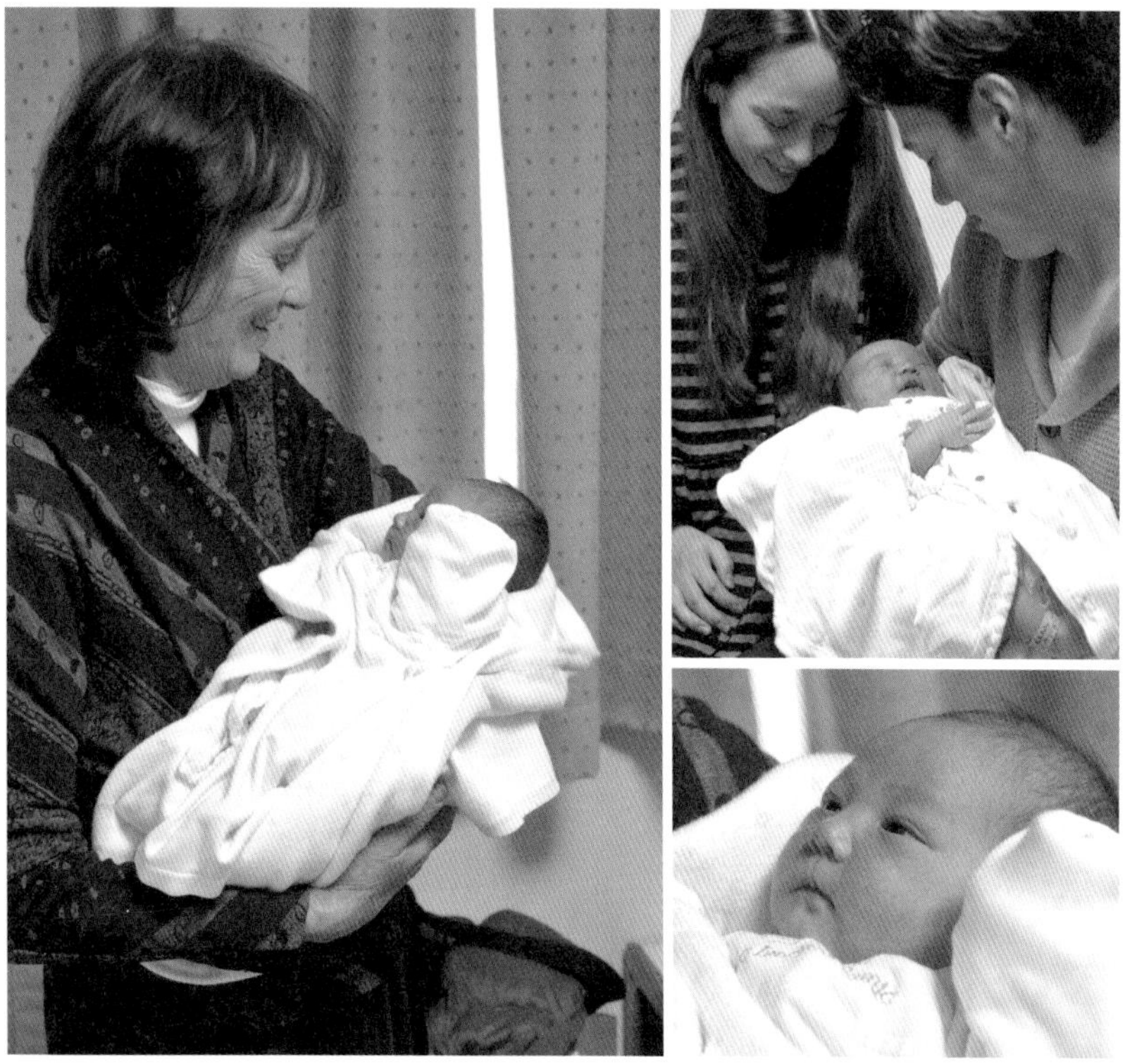

生まれて3日目の来愛を囲んで。親になったばかりの来未と悠仁。4人目の孫を喜ぶベニシア。

がそんな普通の親のような考えを持つようになるなんて、想像もしなかった。

＊

昨年、そんな悠仁が就職した。そして、今年の1月9日に悠仁の子が誕生した。僕にとって初めての孫になる。お産は約10時間苦しんだ後、胎児の頭に吸盤を付けて引っ張り出すという難産だった。母親となった来未《くるみ》は身長152センチ体重40キロの小柄な体だが、赤ちゃんは3568グラムとかなり大きかったので、医学的処置が必要だったそうだ。

ベニシアは出産の知らせを聞くとすぐに孫の顔を見に行きたがった。一方、僕はどんな顔をして行ったらいいのかわからなかったので、ドギマギし、そこらをウロウロしていた。新しい状況に身を置くことに対して僕は怖がりで、それなりに心の準備が要る。ベニシアに引っ張られるように、僕は彼らが待つ産婦人科病院へ車を走らせた。

僕たちが部屋に入ったとき、赤ちゃんは気持ちよさそうにスヤスヤと眠っていた。赤ちゃんの手を見ると、ちゃんと5本の指に爪が付いていた。生まれたての悠仁の手を見て生命の神秘を感じたのは、ついこの前のことだったのに、その悠仁の子どもが目の前にいる。信じられない気持ちだ。「たくさんの愛が来て欲しいと願いをこめて、来愛《くれあ》という名にしました」と悠仁は説明してくれた。

そのうち来愛が目を開いた。透き通るように純粋なその目を見ていると、何か大きな存在、生の意志と力が感じられた。お産が大変だったのに、来未は元気そうだ。なんと言っても若い。彼女の顔には、大きな目標をやり遂げて誇らしさに溢れた微笑みがあった。

大切に優しく来愛を抱く悠仁からは、早くも父親の雰囲気が感じられる。赤ちゃんの持つ力がすごいのか、お見舞いに行ったのに、逆に僕は元気をもらったようだ。幸せな家族になって欲しいと心の中で願わずにはいられなかった。

庭の通路をツクシイバラの花が覆い、ミツバチが忙しく飛び回る。

掘ったばかりのタケノコを持って友人が遊びに来た。

Tadashi Kajiyama

かじやま・ただし／1959年長崎県生まれ。写真家。山岳写真など、自然の風景を主なテーマに撮影している。登山ガイドブックほか共著多数。84年のヒマラヤ登山の後、自分の生き方を探すためにインドを放浪し、帰国後まもなく、本格的なインド料理レストラン「DiDi」を京都で始める。妻でハーブ研究家のベニシア・スタンリー・スミスさんとはレストランのお客として知り合い、92年に結婚した。

京都大原の山里に暮らし始めて

山に囲まれた夏の大原。中心部は美しい田畑が広がり、
その周辺の山裾に人びとが住む家々がある。

僕は1996年に、
イギリス人の妻・ベニシアと息子と3人で、
京都大原の山里に引っ越してきました。
暮らしながらの民家改修や、
ここで経験したこと、
考えさせられたことなどを綴っていきます。

写真・文＝梶山 正

しっとりと緑が濃い梅雨の頃、京都北山の森を歩くと、タニウツギのピンクの花がよく目につく。

屁糞葛（ヘクソカズラ）も花盛り。花が灸を据えた跡のようなので灸花（ヤイトバナ）とも言われる。

ツキヨタケ科のヒロハアマタケ。
夏季、苔が生えた湿気の多い枯れ木などに群生する。

ノアザミの蜜を吸うウラギンヒョウモン。
羽の模様は、動物のヒョウの毛皮のよう。

Vol.30

ハーブティーとハチミツで、元気になった

朝起きてまず最初に口にするのは熱い煎茶だ。僕が淹れた煎茶を飲みながら、毎朝ベニシアは、NHKの朝ドラを見ている。昼過ぎまではコーヒーか煎茶を飲むが、夕方以降はカフェインが入っていないハーブティーにする。カモミールやミント、レモンバームなどベニシアが庭で収穫して乾燥させたハーブを入れた缶がキッチンにずらりと並んでいる。

ハーブとは、草木を意味するラテン語herbaを語源とする英語だ。タイムやラベンダーなど欧米でよく使われるものだけがハーブと呼ばれるのではなく、例えば日本のネギや三つ葉、紫蘇などもハーブである。世界中のあらゆる国で、食用、薬用、香料、染料など人に役立つ植物は、広い意味ですべてハーブと言っていいだろう。

話は変わるが、僕は味覚と嗅覚を失い、どんな食物をも口にしたくない数カ月間を過ごしたことがある。10年前の11月の連休に、僕は趣味のクライミングをしに岩場へ行った。安全のためロープを結んで登っていたが、5メートルほど下の地面に僕は頭から墜落した。そして意識がないまま、病院にヘリで搬送された。急性硬膜外血腫、両側前頭葉脳挫傷、外傷性クモ膜下出血、頭蓋骨骨折のため緊急手術が施され、命は取り留めることができた。「ただでさえおかしい」とまわりからよくからかわれていた僕の脳は、それでさらにおかしくなった。

味やにおいの情報は、舌と鼻から神経を通って脳に伝えられる。ところが、脳組織が壊れたことで、情報が脳に伝わらなくなったのだろう。だから味とにおいがわからない。食事の時間が毎日苦痛だった。生きるために味のない固形物を少しだけ口に押し込み、咀嚼して飲み込むだけの日々が続いた。

そのとき、ハーブが僕を助けてくれた。怪我して最初の2カ月間は、柚子ティーだけが美味しいと感じられた。搾った柚子果汁とハチミツをお湯で溶いただけの飲み物である。おそらく柚子の爽やかな香りと酸味、ハチミツの独特の甘さだけが、僕の舌にも感じる何かがあったのだろう。

1月の半ばを過ぎた頃には、庭に育つ柚子の実はすべて柚子ティーに使い果たした。柚子がないと僕は生きていけない。どうしたらいいのだろう？ 味覚がない辛さや自分のことさえもちゃんとできない苛立ちで、夕方になるといつも落ち込んだ。柚子ティーに加え、精神安定剤と抗鬱剤にも頼る日々が続く。

ある日、ふと思いついたのがハイビスカス&ローズヒップティーである。これはベニシアのハーブティー・コレクションの缶にいつも入っていたが、酸っぱいものが苦手な僕はあまり口にしようとしなかった。ところが、今は酸っぱいハーブが僕に合うかも……。ためしに飲んでみたら美味しかった、そして力が湧いた。それから数カ月間の僕の楽しみは、ハイビスカス&ローズヒップティーを飲むことに変わった。

「いつから治ったの？」と聞かれ

ハイビスカス&ローズヒップティー。ハイビスカスはローゼル種のみ、ローズヒップは原種に近いものを使う。

レモングラス、レモンバーベナ、レモンバーム、レモンミントをブレンドして、レモンハーブティーをつくる。

フレッシュ・ハーブからドライ・ハーブをつくる。直射日光が当たらない風通しがいい室内で乾燥させる。

家の前の畑では西洋ハーブだけでなく、紫蘇やネギなど日本のハーブも育てている。

ても、はっきりと答えられない。気が付いたときには、食べ物の味やにおいがわかるようになっていた。半年は過ぎていたと思う。どうやら性格は変わったようだが、脳の機能はかなり回復したと思う。柚子ティーとハイビスカス&ローズヒップティーばかり飲んで過ごした数カ月間だったが、後で調べてみるとそれらは僕の脳の治療のために最適な薬となっていたようだ。

柚子は飛鳥か奈良時代に中国から渡来した柑橘類だ。柑橘系の香りは人のストレスを和らげる力を持っている。抗菌消炎作用があり、痛みを緩和して血行を促進する働きもある。

ルビーのような鮮やかな色のハイビスカスは見た目だけでも美しい。ビタミンCとクエン酸を豊富に含み疲労回復を手伝い、代謝促進作用を持つ。美しさを保つためクレオパトラも利用したそうだ。

ローズヒップとはバラの果実のこと。鉄分や大量のビタミンCを含み、血液をサラサラにしてリラックス効果も高い。また、ハイビスカスとの相性もいい。

ハーブだけでなく、ハチミツが持つ効果も目を見張る。ハチミツは、ミツバチによりブドウ糖と果糖に分解された糖分80%の濃縮された栄養源である。人間の1日の基礎代謝量の20%は脳が消費するそうだ。その大飯喰らいの脳は、ブドウ糖だけを吸収する。つまりハチミツの糖分はすでにブドウ糖と果糖に分解されているので、体に入るとすぐに脳のエネルギー源になるわけだ。また、ハチミツは強力な殺菌効果を持ち、傷の治りを早め、傷跡を残りにくくさせる働きもある。

こういったハーブティーを飲み続けたおかげで、僕の脳は回復し、元気に仕事もできるようになった。

Tadashi Kajiyama

かじやま・ただし／1959年長崎県生まれ。写真家。山岳写真など、自然の風景を主なテーマに撮影している。登山ガイドブックほか共著多数。84年のヒマラヤ登山の後、自分の生き方を探すためにインドを放浪し、帰国後まもなく、本格的なインド料理レストラン「DiDi」を京都で始める。妻でハーブ研究家のベニシア・スタンリー・スミスさんとはレストランのお客として知り合い、92年に結婚した。

京都大原の山里に暮らし始めて　最終回

美しい花から逃れられない

1994年に京都大原の山里に引っ越してきた梶山さん一家。
イギリス人の妻・ベニシアさんが庭づくりにめざめ、
梶山さんもハーブの力で怪我から回復するなど、
庭は一家にとってなくてはならない存在。
庭とともにあった22年を振り返ります。

文・写真＝梶山 正

上／ベニシアはよく花や庭の絵を描き、楽しんでいる。　下／部屋の中にいても、窓から外を眺めるといつでも庭にいるような気持ちになれる。　左／春先に黄色の花をいっせいに咲かせるミモザ。ある年は季節外れの大雪が降り、雪の重みで折れたことも。

目の前の課題に、一つひとつ取り組む。大原の生活はその繰り返しだ

右／庭でハーブティーを飲みながら、ゆったりとくつろぐ。　左／夏の間はテラスに這わせたホップの葉が涼しい日陰をつくってくれる。

大原で暮らし始めて、今年で22年になる。ベニシアにとっても僕にとっても、この人生でここの暮らしが一番長い。長く暮らしていると、当然、家や庭の手入れが必要だ。たとえ、時間がかかって上手にできなくても、できるだけ自分でできることは自分でやるべきと思っている。そうすることで、喜びが湧き、新たな発見もある。

若いある時期、僕はフランス料理のコックになりたいと思っていた。その頃はレス

トランで修業をしていたが、毎週休みになると料理の勉強のため、フランス料理を食べ歩いた。上等な料理に感動して、いつか僕もこんな料理をつくろうと希望を持っていた。ところが、だんだん疑問が湧いてきた。

ラグビーボール型にジャガイモや人参を切るシャトー剥きのような剥き方は、捨てるところが多い。つまり、もったいない。舌の食感をよくするためにスープやソースを漉すことの可否も。そのままで充分ではないか？　真っ白なテーブルクロスに、ナイフやフォークをたくさん並べる必要があるだろうか？　料理は腹を満たすだけのエサではなく、世界各地に長い歴史を経て伝わる文化だと思っている。でも、僕がそれを受ける準備ができていなかった。経済的に貧しく生活レベルが低かったのもその一因である。また、僕が求めていたものは、フランス料理そのものではなく、フランス料理のシェフというステータスだったのかもしれない。

そのうち何をやったらいいのかわからなくなり、僕はコックを辞めてインドを旅した。インドでは毎日カレーを手で食べた。スプーンやフォークなどの食器を使わず、ごはんやチャパティーを右手だけで食べる。ちなみに左手はトイレでお尻を洗う手なので、食事で使うことはタブーだ。だんだん僕は上ばかりを見なくなり、目の前に次々と現

れる課題に、背伸びせず、一つひとつ取り組んでいこうと思うようになった。ここ大原での毎日の生活は、まさにその繰り返しである。

ベニシアも若い頃、周囲の貴族社会を見て生き方に疑問を持ち、インドを貧乏旅行している。彼女の曾祖父の兄のカーゾンは、インド総督兼副王の地位に7年間あり、また、明治初期の日本にも数回来訪している。カーゾンの影響を受けてか、ベニシアもインドや日本に目を向け、足を延ばすことにした。英国貴族の彼女と日本平民の僕は、違うところが星の数ほどある。でも、二人がそれぞれ心に刻んできたものには、共通するものも少なくないようだ。この人生の旅路で、人間のベースと言ったらいいのか、人の虚飾ない心の原点に触れる経験があったのだろう。それが互いに感じられ、この上なく大切にしているから、一緒にいられるのかもしれない。

66歳という年齢のせいか、体力的にベニ

上／軒下にハーブを吊るして乾燥させる。　下／キッチンの棚には豆や穀類を入れた瓶やハーブとティーカップが並ぶ。　右／手づくりハーブティーを缶に保存しておく。　右下／英国から遊びに来た友人が、初めてすき焼きに挑戦中。　右ページ／夏のあいだ日陰をくれたホップは、秋になると葉を落として暖かな日差しをくれる。

上から時計回りに　／野山や庭で集めた材料でクリスマスキャンドルをつくる。　／英国定番のクリスマスディナー。ローストターキー、ベイクドポテト、オレンジキャロット、芽キャベツとクリ。／トラディショナル・フルーツケーキとクリスマス・クッキーを囲んで。　／トラディショナル・フルーツケーキは11月に焼いて寝かせておく。

シアは以前ほど庭仕事ができなくなってきている。

「自分でできることだけをやったらいいのに……」と僕は常々言うのに、彼女は庭仕事の規模を縮小しようとはしない。心が若いのか、目標が高いのか……。昨年からベニシアは400坪の空き地を借りて、ワイルドガーデンをつくるのだと言っている。僕に言わせれば超ワイルド過ぎるただの原野で、僕は一人で草刈りに追われている。上ばかり見ず、大原の柴漬けであっさりとお茶漬けでも食べたらいいのに……。これは彼女の性分なので、僕はおそらく一生草刈りから逃れられまい。それで昨日、新しい草刈り機を買った。甲高い2サイクルのエンジン音が妙に心地よく、僕はちょっと嬉しくなった。

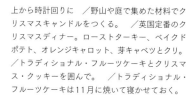

ノリちゃんもベニシアの庭に駆り出される一人だ。大原朝市で花を売っていたフラワーデザイナーの彼女を見かけたのが、ベニシアとノリちゃんの出会いだ。週に2日ほど彼女は我が家の庭の手伝いに来てくれる。いま彼女の住む戸寺町では、交流の場ということでハーブ園がつくられており、ノリちゃんはそこの責任者もやっている。

それだけではない。ある日、近所の路傍に育つキンエノコログサをドライフラワーにしようと彼女は摘んで帰った。乾燥させてリースをつくってみたことがきっかけと

上／窓の外は銀世界。爽やかなホワイトクリスマスの朝。　下／日本の正月を飾る縁起植物のセンリョウは葉の上に実が付き、マンリョウは下に付く。　左／赤い実と常緑樹は西洋でも縁起がいいもの。ハーブを添えてクリスマスリースをつくった。

なり『四季の野草リース』というリースのレシピ本を今秋出版に向けて動き始めることになった。僕はそのリース本の写真撮影を担当している。これまでベニシアの本で庭や花の撮影ばかりやってきたが、ノリちゃんも花である。そして僕も自分の写真集をつくろうと、カメラを持って、全国の山々を歩いている。その本のテーマは、またしても花である。神様が山や森や湿地などにつくった、自然のお花畑だ。今さら思うが素直に言おう。花は美しい。

本連載は今回で最終回です。７年間にわたり大原の暮らしを綴ってくださった著者の梶山正さん、ご愛読くださった読者の皆さま、ありがとうございました。(編集部)

終わらない庭づくり

写真＝梶山 正　図＝鈴木 聡（TRON／OFFice）

左／リースにする野草を抱えたノリちゃん。 右／夏は草刈りに追われる著者。

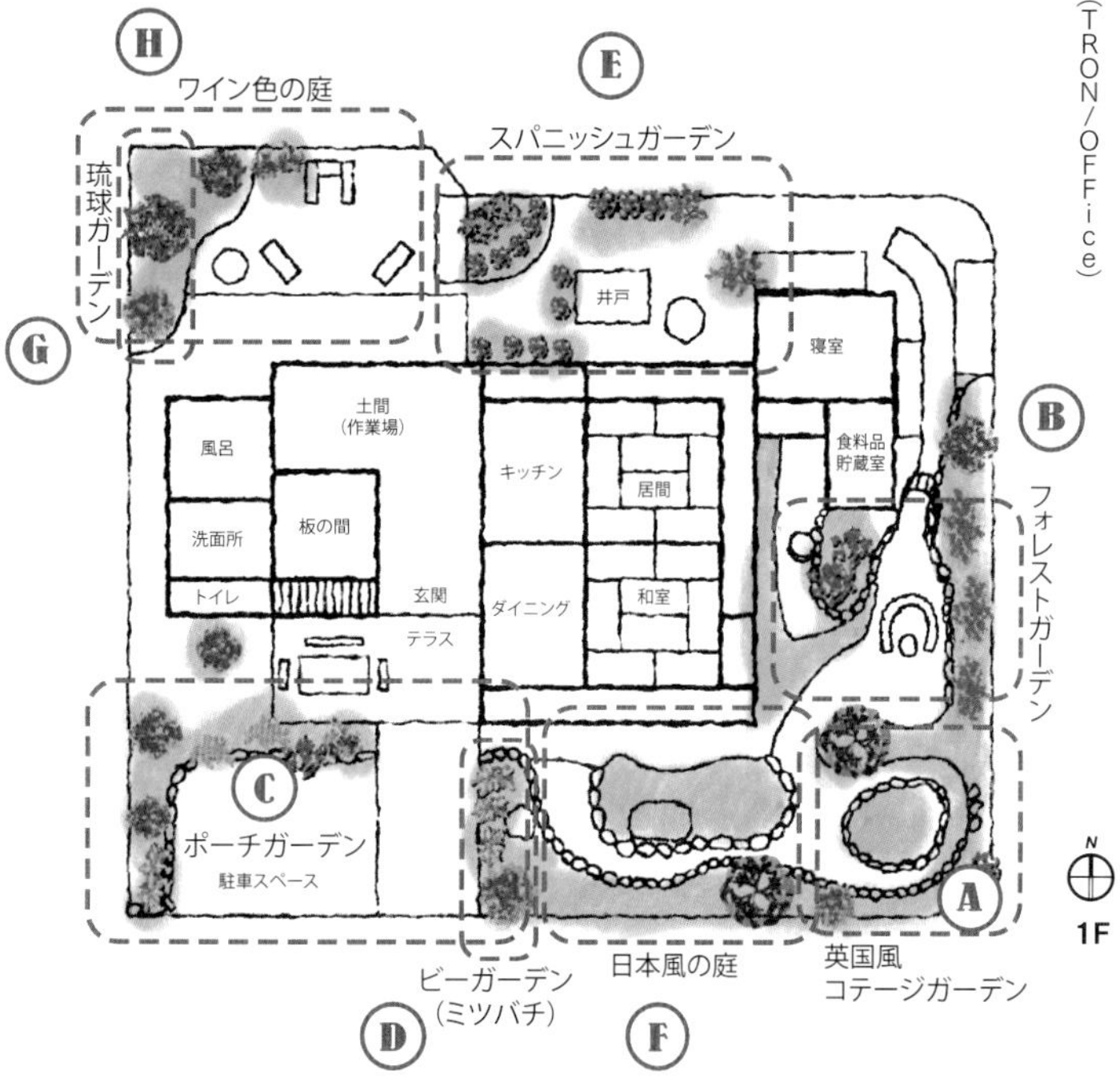

イングリッシュガーデンを象徴するジキタリスを中央に植えたエリア。

木陰が多いエリア。１年半前に新たにタイル製のＵ字形ベンチをつくった。

D ビーガーデン

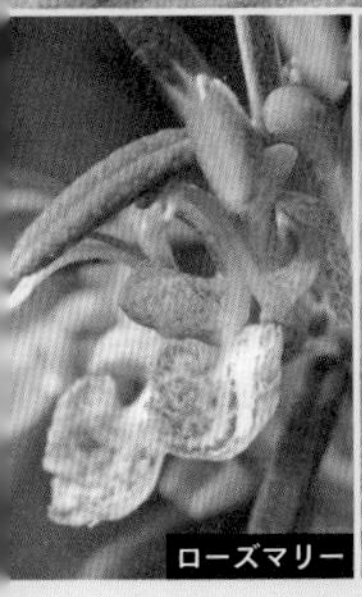
ローズマリー

ラベンダー

アップルミント

玄関脇のコーナー。2006年に北米で起こった CCD（蜜蜂が突然失踪する現象）を知ってから、蜜源植物をたくさん植えるように。

C ポーチガーデン

玄関脇の日当たり・水はけのよい一角。ラベンダーやタイムなどの地中海沿岸のハーブも植えている。

ゼラニウム

フジ

ドクダミ

F 日本風の庭

スノードロップ

スイセン

キキョウ

既存のツツジの植え込みを生かし、日本のハーブや茶花などを植えている。

E スパニッシュガーデン

ミモザとチューリップ

スペインのパティオ（中庭）をイメージ。井戸はブルーの陶片でモザイクを施した。

G 琉球ガーデン

3年前にベニシアがつくった庭。訪ね歩いた沖縄の思い出をシーサーに託した。

カシワバアジサイ

ベルガモット

シイタケ

H ワイン色の庭

バジル

エキナセア

ヒソップ

白、赤、ロゼなどワイン色の花を中心に植えた庭。

ベニシアさんの庭だより

時は流れ、庭は変わる

京都大原の自然豊かな山里に暮らし始めて23年が経つ梶山正さん、ベニシアさん夫妻。時に牙をむく厳しい自然と向き合いながら、たくましく生長する草花、移りゆく庭との対話を愉しんでいる。

文・写真＝**梶山 正**

1春先に花を咲かすミモザ。あるとき季節外れの大雪が降り、ポキリと折れてしまった。 2 6月になると毎年いっせいに花を咲かすツクシイバラ。かつては南日本に自生していたが、現在その数は減り、熊本県では絶滅危惧種に登録されているそうだ。 3モッコウバラとナニワイバラは鉢植えで育て、たまに気分で移動させる。 4ナニワイバラの花粉を食べるコアオハナムグリ。 5鬼瓦が静かな庭の雰囲気を盛り上げる。

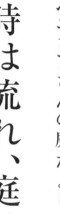

5

4

3

1

時間とともに変化するのは、庭も人も同じこと

台風の朝

昨年秋に日本列島を襲った大型の台風21号により、我が家の庭はかなり傷めつけられた。冬には立派な実を付ける柚子の太い幹がボキリと折れた。甘い実をたくさん付けるイチジクの大木は、垣根や庭の門を道連れに根こそぎ倒された。鉢植えのハーブもひっくり返り、あちこちに素焼きの破片が散乱した。台風明けのその日は、NHKの番組「猫のしっぽカエルの手」の撮影が

2

1薫風さわやかになびく新緑の時期、玄関前で植木の手入れをするベニシア。　2軒下に収納している数々の庭道具たち。　3玄関横はホップとフジの蔓を這わせて涼を呼ぶ。　4底に穴が開いた一輪車に植物を植えて、大きな植木鉢として活用。　5木々に囲まれた森のようなコーナー。今はタイルのベンチを設置してティータイムのくつろぎ場になった。　6毎年6月下旬になるとアナベルがたくさんの白い花を見せてくれる。

我が家で行われることになっていた。あいにく庭を歩ける状況ではない。

僕は朝からノコギリやホウキを持って荒れた庭を片付けていた。やってきたテレビ撮影班は、すぐにカメラを回し始めた。「しっとりと美しい秋の庭」の撮影予定が「荒れ狂った自然の足跡」に急遽切り替えられ

1スパニッシュ・ガーデンと呼ぶコーナー。敷石を埋めて、井戸の壁に陶器でモザイクをつくった。2～4庭を彩る秋の七草たち。右からオミナエシ、ナデシコ、キキョウ。　5屋根から樋を伝う雨水をウィスキー樽に溜め、植物にやる水に使う。　6秋が深まり、色づいたモミジは日に日に散っていく。　7日が沈み、今日も無事に過ごした。楽しい夕ごはんのとき。

手を動かし、触れることで気づく生き物の強さと弱さ

たようだ。まさにドキュメンタリー番組である。僕と妻のベニシアは「台風に屈せず逞しく生きる人々」の顔をして庭での作業を進める。撮影の合間にスタッフたちが手伝ってくれたおかげで、諦めかけていた直径20センチ以上ある倒れたイチジクの木を、再び元の位置に立て直すことができた。

人は変わり、庭も変わる

人の手が入っているとはいえ、庭は太陽、雨、風、季節などの自然から影響を受ける。人もずっと同じではなく、健康や年齢や興味などにより庭への接し方が変わっていく。今から23年前に引っ越してきた頃は、ここの庭は松やモミジなどの庭木と庭石が配置された昔ながらの日本庭園であった。しっとりとしたスギゴケが庭一面を緑色におおっていた。そのうち、ベニシアが庭にさまざまなハーブや花を植えるようになると、庭は変貌していく。ある時期は、タイムやラベンダーなど地中海ハーブをたくさん植えたので、そのコーナーを「メディタレニアン・ガーデン」と名付けた。ところが世界的にミツバチの危機がニュースなどで報じられるようになると「ビー・ガーデン」にそこは変わった。ミツバチを増やそうと思い、蜜源植物を植えるコーナーとしたからだ。

そんな風に庭を楽しんでいたベニシアが、2～3年ほど前から目があまり見えないと口にするようになった。眼科で白内障と診断され、手術も受けたが改善されないという。目が見えにくいので、庭いじりの時間

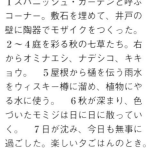

7

6

1冬の間はクマのように冬眠するとよい。とはいえ、春から庭をどうするか、何を植えようかと考えたり、読書したりして、計画を練るときでもある。　2大原はひと冬に10日間ほど雪が降る。雪が積もれば見慣れたはずの風景が変わり、散歩するのも楽しい。

1

は以前より減った。手をかける時間が減ると庭の植物は自然淘汰されていく。ここの環境に適した植物は元気だが、そうでないものはいつの間にか消えていく。

冬はスイセン、春はスミレ、ミヤコワスレ、夏はシャガ、ユキノシタ、ドクダミ、シュウカイドウ、秋にはシュウメイギクが毎年勝手に花を咲かせる。それらはここの土に合った多年生宿根草たちだ。日本原産のツクシイバラと中国原産のモッコウバラ、ナニワイバラも毎年たくさんの花を咲かせる。冬の刈り込みぐらいしかせず、あとは放置しているだけなのに……。育てるのが難しい他の園芸種のバラたちは、いつのまにか消えてしまった。

目が悪いベニシアは大学病院で精密検査を受けてみた。原因は、眼球にではなく視神経にあることが判った。一時期は精神的に落ち込んだ彼女だが、今ではそれを受け入れて前向きに生きていこうというスタンスだ。「がんばらずに肩の力を抜いて、ゆっくりと庭を楽しみたい」とベニシア。

2

庭づくりは終わりがないから面白い

木たちを喜ばせる

2年前から、家の前に広がる空き地を造園業者から借りている。わずかな駐車スペースが必要なだけなのに、400坪とかなり広い空き地だ。そこに植えられていた木も、台風で半分以上が倒されてしまった。僕はそのまま放置していたが、ある日倒れた木に花芽が付いていることに気がついた。どうやら桜のようだ。3月上旬なので、あと1カ月後には花が見られるかもしれない。庭のイチジクをそうしたように、倒れた桜を立て直したいと思った。とはいえ、今度は助っ人がいない。

植物の芽は上に、根は下に向かい育つ。人間の目のように植物も光を感じることができ、また、人間が内耳のそばにある三半規管で平衡感覚を保つように、植物も平衡感覚を持っている。そのため、根を上に、芽を下に向けて育つ植物はいない。ならば、倒れても人間みたいに自分で起き上がってくれるといいのだが、高さ5メートルと大きく成長した桜は自分では動けない。

僕は根の周囲の土を掘り下げ、幹をつかんで起こそうと踏ん張ってみたが全然ビクともしなかった。それで、幹の上の方をロープでくくり、末端には上半身が入る輪を作った。その輪に上半身を入れ、農耕牛のように全力で引っ張ってみた。それでもビクともしない。別の方法を考えなければならない。こういった状況で突破口を開くことに、僕は喜びを感じる。

次は、太い鉄パイプを地面に打ち込んで、そこを支点に小型ウィンチをセットした。ウィンチのレバーを僕はカチカチと押し続けた。するとウィンチに繋がったロープは倒れた桜の木を少しずつゆっくりと起き上がらせた。上手くいって小躍りしたい僕は調子に乗って次々と同じ作業を繰り返した。これで10本ほどの倒れた木々を植え替えたが、3日もかかってしまった。

それから1カ月ほどが経った。気のせいかもしれないが、起き上がった3本の桜は日に日に元気になるみたい。そしてついに見事な花を咲かせた。桜は嬉しそうだ。僕は一杯やりつつ花見をしたい気分になった。ベニシアも喜んで僕を褒めてくれた。あの倒れたイチジクも今ではたくさんの葉をつけた。青々とした葉が喜んでいる。手をかけて元気になる植物を見ると、こちらも嬉しくなる。

3強風で倒されたのに蘇った庭のイチジクの木。　4 400坪の空き地を草刈りする筆者。山の麓に見える我が家と植え替えて元気に育つ桜の木々。（写真＝髙野稔弘）
5台風で倒れた庭の門や垣根をつくり直す。材料にペンキを塗り、大工仕事が始まる。

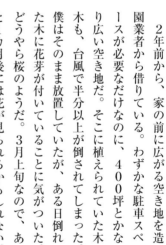

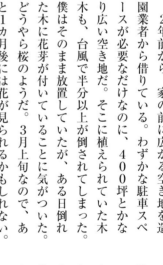

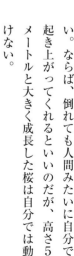

「ベニシアと正」その後の暮らしと僕たちの庭

文・写真＝梶山　正

ベニシアと僕は京都の山里、大原にある築百年の古民家に巡り会い一目惚れ。そして手に入れた。１９９６年のことである。そこでの田舎暮らしの様子は、昨年風土社で出版した拙著『ベニシアと正、人生の秋に』にまとめている。さて、ここでは現在の暮らしについて書いてみよう。

6月はアナベルが白い花をたくさん咲かせる和風の前庭。

ツクシイバラが花開くとミツバチとクマバチは忙しい。

草むしりや落ち葉掃除を楽しむベニシア。庭にいると気持ちがいいと笑う。

ベニシアの瞳

この家に昔からあった伝統的日本庭園に、ベニシアが好きなハーブを植えたのが我が家のハーブ・ガーデンの始まりだ。庭に育つハーブの使い方や育て方などをまとめて『ベニシアのハーブ便り』を2007年に出版した。それが機会となってNHKドキュメンタリー番組『猫のしっぽ カエルの手』が始まり、もう10年間続いている。その主人公であるベニシアは現在69歳。5年ほど前から「目が見えない」と彼女はしばしば口にするようになり、眼鏡屋さんでいくつものメガネを作ってもらうことの繰り返しが続いた。新たに買ったメガネはすぐに消えていく。どこかに置き忘れるからだ。目が見えにくいので庭の手入れもなかなか思うようにできない。好きな絵を描くこともだんだん難しくなった。

そんなある日、眼科で白内障と診断された。前のように見えるようになることを期待して手術を受けた。ところが、「前とあまり変わらない。あの医者はあまり腕が良くないかも……」とベニシアは不満な様子。それで別の眼科へ足を運んでみた。「目はきれいです。眼球に問題はないです。見えにくいのは、目が悪いのでなく、神経に原因があるかもし

常緑のコモンタイム。シチューやスープの香り付けに。

軒先に這うモッコウバラ。黄色や白い花をたくさん咲かす。

れません」と診察した医者は、脳神経内科で検査するように勧めた。

２０１８年８月、ベニシアは京大病院に８日間入院して検査を受けた。面談による現在の状態確認と血液や尿、心電図などの一般身体検査。それに加え、ＣＴやＭＲＩなど脳画像を撮影して、脳の萎縮度合いや脳血流量などを検査した。その結果、ＰＣＡ（後部皮質萎縮症）と診断された。ＰＣＡとは、後頭葉（大脳のうしろの部分）の萎縮を来たす進行性の疾患である。

後頭葉は視覚形成の中心を担うところである。眼球からの視覚情報は視神経を通って後頭葉に伝達する。視覚情報は後頭葉の視覚野に伝わり、そこで初めて「見ている」と意識されるという。ベニシアが見た視覚情報は、後頭葉がうまく働いていない、もしくは途中の伝達過程でも何らかの問題が起きているのかもしれない。そのため目では見ているはずなのに、「見えない」ということになるらしい。この病気を治す治療は今のところないと医者は語る。再び目が見えるようになる希望は絶たれた。

「これからどうやって生きていったらいいの？」と悩む日々が始まった。翌９月、お手伝いさんが辞めた。家事やベニシアの身の回りの世話を２年間ほどやってくれていた人だ。それが契機となって掃除や洗濯、料理といったほとんどの家事が僕の仕事となった。それをやることで、これまで僕は同じ家で暮らしていながら、彼女のことをあまり見ていなかったことに気がついた。僕はフォト・ライターの仕事もあるが、いつしかウェイトが逆転し、家事の合間に仕事をする生活となっていた。

生活の変化と発見

緑に囲まれて空気がおいしい田舎暮らしだが、近くにお店がないので不便なことも多い。食材ひとつ買うのも市街地まで片道30分ほど車を走らせる。できあいの総菜を売るスーパーや気楽に行ける大衆食堂は大原にない。食材はまとめ買いして冷蔵庫に入れておき、朝、昼、夜とごはんを作る。「夕飯は何を作ろうか……」そんなことばかりを考えているので、なかなか庭に時間と労力を注げない。

目が見えていた頃、ベニシアはよく園芸店で花やハーブを買ってきては植えていたので、いつも庭は花でいっぱいだった。ところが、昨今は新たに植えてないので、幾年も枯れずに季節が来ると花を咲かせる多年草ハーブがメインの庭になっている。

ぐるりと庭を歩いて目にしたハーブの名を列記してみよう。ラベンダー、コモンタイム、レモンタイム、イブキジャコウソウ、オレガノ、スペアミント、アップルミント、レモンミント、レモンバーム、ローズマ

ようやく作った玄関の手すり。

ベニシアは明るさを取り戻した。
人はひとりで生きられないのだろう。

リー、フェンネル、ベルガモット、ローズゼラニウム、コンフリー、ホップ、ミョウガ、ゲンノショウコ、ドクダミ、サンショ、ワレモコウ、セントジョンズワート、茶、月桂樹など。これらのハーブを僕は料理にも使っている。

２０１８年12月から、毎日１時間ほどヘルパーさんと看護師さんに来てもらうことにした。役所で要介護認定を申し込んだのだ。毎朝、顔を合わすとベニシアは涙をためて「目が見えない。何でやろうか」と泣いた。それが日々続くので僕もかなり堪えた。気楽に話せる友人は少ないので寂しいのかもしれない。ヘルパーさんたちが毎日来るようになって、ベニシアは明るさを取り戻した。人はひとりで生きられないのだろう。

新しい玄関

「玄関前のスロープが怖いので、手すりを付けて欲しい」「わかった、わかった。そのうち……」と言いながら１年が過ぎた。昨年末に、薪ストーブの燃料になる薪を置く棚を単管パイプで作った。建築現場の足場などに使われる直径５センチほどの鉄パイプである。通常使われる安価なジョイント金具はボルトむき出し

タイム、ラベンダー、オレガノ、フランネルソウが咲く。

リラックス効果があるカモミールはハーブティーに。

「僕はずっと前から ここにいますよ」

で、それを使うと、まさに建築現場という感じをぬぐえない。ところがちょっと高価なジョイント金具を使い、塗装して色を変えるといい感じに仕上がることが解った。手すりの材料に、これを使えばいいと思ったが、またたく間に日々は過ぎてしまう。

コロナ禍のため不要不急の外出自粛となったこの春、ようやく僕は手すりに取りかかった。まず、深さ30センチほどの穴を掘りパイプを差してコンクリートで固め、手すりの柱を2本立てる。次は手すりの握るパイプ部分を柱部分とジョイント金具で固定。茶色のペンキを塗ると周りの雰囲気に溶け込んだ。

「僕はずっと前からここにいますよ」と手すりは澄まし顔。スロープのボコボコした石の継ぎ目はガンコマサで固めた。それは、風化した花崗岩のマサ土がメインで、それに水をかけると混入された接着剤で固まるといった造園資材である。セメントのように人工的な感じにならず、これも自然な感じに仕上がる。

ワイン・ガーデンの新しいテーブルで
ランチを楽しむベニシアと僕がいる。

外出自粛中に、ワイン・ガーデンのレンガを張り替えた。

ラベンダーの花のいい香りが漂うポーチガーデン。

居心地よいバランの葉の上で、モリアオガエルがひと休み。

ワイン・ガーデンの二人

それから僕は勢いが付いてしまった。裏のワイン・ガーデンのワインを飲むテーブルの木が腐っていたので、これも脚部を単管パイプで作り替えた。床の煉瓦は目地に土を詰めただけだったので、そこから草がどんどん伸びていた。これもいったん煉瓦を剥がしてガンコマサを目地に埋めた。こうして庭いじりばかりの数日間を僕は送った。この原稿の締め切り日はとうに過ぎてしまったが、ワイン・ガーデンの新しいテーブルでランチを楽しむベニシアと僕がいる。

新連載

ベニシアと正、明日を見つめて

京都大原の古民家に暮らし始めて、いつの間にか24年が過ぎた。この家は僕たちの生活を支え、温かく見守り続けている。ここ数年で妻ベニシアの目が、どんどん見えなくなっている。僕は戸惑いながら介護する毎日だ。そんな僕たちのありのままの暮らしを綴ってみよう。

文・写真＝梶山 正

鈴鹿山中で神様がつくった大自然の庭に遭遇。青い苔の絨毯の向こうに霧氷の森が連なる。

薪ストーブと日々の暮らし

昨年の冬、愛用の薪ストーブを手放した。妻ベニシア出演のＮＨＫテレビ番組「猫のしっぽ カエルの手」の展示会を日本各地のデパートでやることが決まったからだ。主催者は我が家の薪ストーブを展示品目に入れたいという。展示会は１年間以上続く。薪ストーブを貸し出したら、冬はどうしよう？ 展示用に新しいストーブを買うことを提案したら、「長年使い込んで渋い、あの古いストーブを買い取りたい」。

20年間も使ったのに購入時の価格を払うという。複雑な気持ちだがサヨナラとなった。

新調した薪ストーブは約２００キロの鋳物製。前の２倍の大きさと重さだ。本誌の薪ストーブ特集などでも紹介される、ホンマ製作所が中国で製造した薪ストーブである。

欧米製の薪ストーブはかなり高額で、ユーザー自身での取り付けを推奨せず、販売店が設置するシステムだ。ホンマの薪ストーブは欧米製品よりずっと安価で、ユーザー自身での据え付けを会社側は拒まない。敷居が高い薪ストーブの世界が、自然派庶民にも手が届きやすくなった。

新しい薪ストーブの燃焼室は広く、そこにクッキングスタンドを据えバーベキュー網や焼き串、ダッチオーブン、フライパンをのせて肉や魚を焼いたり煮たりと料理の幅が増えた。美味しい料理に舌鼓を打つ日々だが、薪はどんどん減っていく。２倍の大きさの薪ストーブは、前の１・５倍ぐらい薪を食うようだ。

毎年、秋が深まると薪の調達をしなければ……と気が焦る。本来、薪は伐採した木を40センチほどの長さに玉切りにしたあと薪割りをして、１〜２年間乾燥させて使うとよく燃える。僕の場合、いつも間に合わず、切ったばかりの生木を乾いた薪と混ぜて燃やしていた。生木は温度が上がらずススも溜まりやすい。なので今年は冬のうちに２シーズン分ぐらいの薪を切って貯めておきたい。

近所のカシの大木が４〜５年ほど前の台風で倒れ、斜面に放置されたままになっていた。地主さんに尋ねると「どんどん切って持っていってくれ」と言う。そのカシの幹を幾カ所かに分けて切ってみた。断面を見ると、倒れた幹の天側は乾いているが、反対の地面側は湿って腐っている。残念ながら薪には使えない。

薪に向いた広葉樹はないだろうか？ 山仕事をしている友人に電話で聞くと、広葉樹の伐採仕事は葉が落ちた後の11月中旬頃からだという。僕が暮らす大原周辺の森はほとんど杉か檜の植林地だ。去年の台風で倒れた杉と檜がそこらじゅうに転がっているという返事。杉はよく燃えるが火持ちが悪いので薪としてのランクは低い。ランクが高いクヌギ、ナラ、サクラなどの広葉樹はそのうち……。とりあえず杉と檜を集めよう。

愛用の薪割り斧は、28年前にベニシアと結婚したとき、友人から結婚祝いのプレゼントでもらった日本製（木製の柄で長さ89・5センチ、全体重量２・１キロ）をずっと愛用している。とはいえ、もう少し重い斧が欲しい。調べてみると、スウェーデン製のグレンスフォシュブルークは燻し銀の渋さ。とはいえ１本１本が職人による手づくりなので高価だ。

次にフィスカースX27（長さ91・4センチ、全体重量２・６キロ）というフィンランド製の斧が目に留まった。柄はグラスファイバー強化ナイロン樹脂で、見た目はスポーツ用品のような現代的なデザインだ。この新素材の柄は、木製の柄に比べて打撃の衝撃をきつく感じるかも……という不安はあったが購入した。じっさい薪を割ってみると衝撃は気にならない。前の斧より重いぶん、破壊力が強い。僕の体格と体力的に丁度良い重さと長さに感じられた。

昨シーズンからそのままの煙突掃除もしなければ。煙突はストーブからまっすぐ上に延びると煙の抜けが良くて理想的だ。我が家の煙突は４箇所も直角に屈曲する。悪い見本の代表格だ。できるだけ工事しないよう、壁から外に煙突を向けて自分で設置したのでこうなった。屈曲箇所が多いと煙突にススが溜まりやすい。これも変えたい。屋根瓦を突き抜いて、まっすぐ上に煙突を出そうかと悩む日々である。

かじやま・ただし
1959年長崎県生まれ。写真家。山岳、登山、自然風景をテーマに撮影執筆。1996年、妻のベニシアさん、息子の悠仁さんと京都大原の古民家に移住。その暮らしの様子を『チルチンびと』に2010年から７年間連載。2019年、それらをまとめた書籍『ベニシアと正、人生の秋に』（風土社）を上梓、現在好評発売中。

薪ストーブを料理オーブンに活用。

「次はどんな料理をつくろうか……」

焼き上がった自家製ピザ。

薪割りはいい運動になる。

丸太の切れ端をきこりのおじさんに分けてもらう。

連載

ベニシアと正、明日を見つめて

文・写真＝梶山 正

京都大原の古民家に暮らし始めて、
いつの間にか24年が過ぎた。
この家は僕たちの生活を支え、
温かく見守り続けている。
ここ数年で妻ベニシアの目が、
どんどん見えなくなっている。
僕は戸惑いながら介護する毎日だ。
そんな僕たちのありのままの暮らしを綴ってみよう。

カタクリやフクジュソウのように、春先に花を咲かせ、他の植物が育つ頃には姿を消す植物をスプリング・エフェメラル（春の儚いもの）という。

介護する人も、外の空気を吸いたい

　僕は子供の頃から山が好き。ここ数年間は冬に「日本百名山」を登ることをライフワークとしている。『日本百名山』とは、文筆家で登山家の深田久弥による山岳随筆集で、彼が選んだ百の名山が紹介されている。１９６４年と、今から57年も前に出版された本だが、登山家のあいだで今も人気が高く、テレビ番組などにもなっている。

　自分にとって挑戦のような気持ちで始めた冬の百名山登山は、仕事にも繋がった。山岳雑誌の連載記事となったので、ひと冬の間に12座登って1年分の仕込みをしなければならない。僕が暮らす京都から遠い東北や北海道の山ばかりが、手つかずのまま残っている。

　いよいよ冬山シーズンが始まる12月が近づいた。冬期登山の期間は12月初旬から3月末までの4ヶ月間。登山に集中したいが、ベニシアの介護をする僕はなかなか家から離れられない。週に5～6回は、朝1時間半と夕方30分間の訪問介護のお世話になっている。とはいえ常に誰かが付きそう必要がある。僕が登山で不在になることを想定して、ショートステイの介護施設へ見学に行った。

「こんなところに来るなら病院に入院する方がマシ」と施設を訪れても、ベニシアは完全拒否の体勢。

「遊びで山へ行くんじゃなくて、仕事のために取材しに行くんだよ」

　そう告げるが、彼女は半ベソである。

　12月に入ると、ベニシアの次女の和美が通う就労継続支援B型の福祉施設がコロナ禍で週に1回だけとなった。ふだんはアパートで一人暮らしの和美が、ほぼ我が家で過ごすことになった。ベニシアの友人であるアメリカ人のキャシーさんも我が家に泊まることになった。彼女は夫が暮らすインドへ戻りたいが、コロナ禍のため入国できないらしい。

　二人の協力を得たことで、僕はクリスマス前の4日間、群馬県の谷川岳と長野県の霧ヶ峰へ向かった。どちらの山も登った日は天気が良く、いい写真が撮れて嬉しい気分でベニシアの誕生日の前夜に帰宅した。

　翌朝、疲れた顔のキャシーさんと顔を合わせた。その朝に撮影仕事があった僕は準備に忙しかった。

「ベニシアさんの布団は薄くて寒がっているので、2階にある別のぶ厚い布団と入れ替えて。今すぐよ！」とキャシーさん。

「今は忙しいから、あとでやるよ」

「自分のことばっかり！　今すぐやってと言ってるでしょう」

　おそらくキャシーさんは僕が山へ行っている間、かなり疲れたのだろうと想像できた。寒さと不安で夜中に大声で叫ぶベニシアの世話で、キャシーさんはあまり眠れなかったのだろう。和美はベニシアの隣室で寝ているが、呼び声を聞いても起きない。いつもお客様のような受け身の生き方だし、やることは何でも、ほぼ中途半端でほったらかし。僕はいつも和美にイライラしているが、精神障害と発達障害を持っていることを考慮しなければ……。

　その日の午後、友人のチャールズさんがベニシアの誕生祝いに、キャロット・チーズケーキを作って持ってきてくれた。ベニシアは友人に恵まれている。ＰＣＡ（後部皮質萎縮症）になって目が見えなくなっても、こうして毎日のように誰かが訪ねてくれる。嬉しいことだ。

　さて翌日、僕はベニシアの誕生日プレゼントに取り組むことにした。行きたい山を登らせてもらった後だから、僕の心も広く優しい。まず、寝るとき寒くならないように、暖かい毛布生地の布団カバーと電気毛布を買いに走った。じつはキャシーさんの「自分のことばっかり！」の、一言が効いた。

　それを設置して次はスノコ作り。我が家でトイレへ行くには、土間を横断しなければならない。そこには市販の小さいスノコを三つ並べていた。スノコの継ぎ目を渡るのが怖いのと、ガタガタ揺れて不安定だとベニシアはこぼす。ホームセンターでワンバイ材を買い、それで大きく安定した通路を作った。

　また、ベッドから布団が落ちないように手すり状の木枠をベッドの周りに設置した。ホームセンター店内で直径32ミリの丸棒を見つけたので、直径32ミリのステンレスパイプ用に作られた取付金具を流用する。手すり用として売られている直径35ミリの丸棒と専用金具を使うとかなり高くつく。経済的にしようと、店内を歩き回って行き着いた材料だ。プレゼントの買い物と大工仕事に2日間かかった。

　とにかくプレゼント作りにがんばったし、また僕は山へ行くぞ。追い詰められた状況にある介護側の人だって、新鮮な外の空気を吸いたいのだ。

１チャールズさん自家製ケーキで祝うベニシア70歳の誕生日。　２誕生祝いに作った手すりとスノコ。　３ベッドの周りに設置した布団落下防止枠は手すりにもなる。　４いつも花たちに癒される。

毎日のように誰かが訪ねてくれる。
嬉しいことだ。

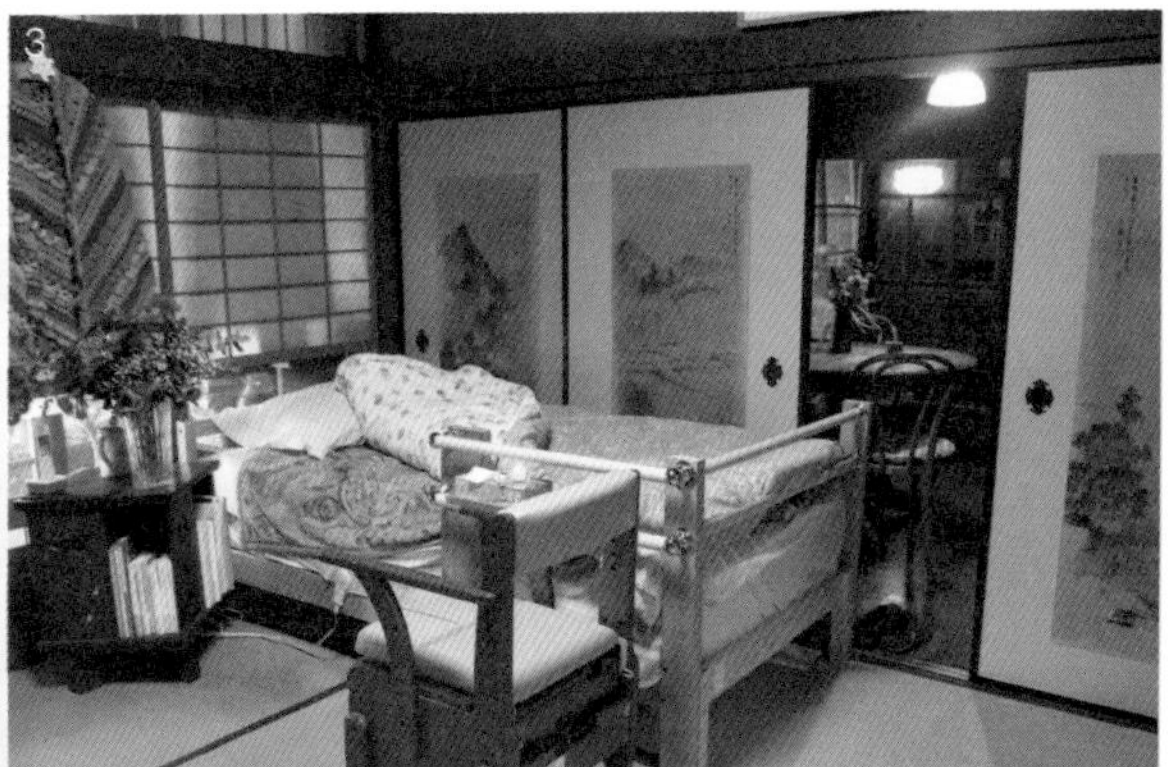

かじやま・ただし
1959年長崎県生まれ。写真家。山岳、登山、自然風景をテーマに撮影・執筆。1996年、妻のベニシアさん、息子の悠仁さんと京都大原の古民家に移住。その暮らしの様子を『チルチンびと』に2010年から7年間連載。2019年、それらをまとめた書籍『ベニシアと正、人生の秋に』（風土社）を上梓、現在好評発売中。

連載

ベニシアと正、明日を見つめて

文・写真＝梶山 正

京都大原の古民家に暮らし始めて、いつの間にか25年が過ぎた。
この家は僕たちの生活を支え、温かく見守り続けている。
ここ数年で妻ベニシアの目がどんどん見えなくなっている。
僕は戸惑いながら介護する毎日だ。
そんな僕たちのありのままの暮らしを綴ってみよう。

左ページ／夏の白馬連峰で見られる高山植物のお花畑。紫のタテヤマウツボグサ、ピンクのシモツケソウ、白いオヤマソバなど。　右下／日本の高山植物の女王コマクサ。　左下／紫のタカネマツムシソウと白いタカネツメクサ。

愛情を持って長く大切に暮らしていきたい

「いい家」に住みたい。いま暮らす家を手に入れる前、僕は何度か大原へ足を運んだ。近所の人々と顔を合わせるうちに隣の人が僕に話しかけてきた。

「あの家は古すぎて、屋根が波打っているように見えるけど大丈夫か？」と。それからいきなり、家の資産価値とか土地評価額の話など。彼は家を新築して、京都市街地から引っ越して来たばかりだと言う。彼が新築した所には、かつて大きな主屋の建物の続きが建っていた。売り主は僕が買いたい家と同じ人。つまり同じ敷地を切り売りしたのだった。主屋を壊して新しい家を建てたいという購入希望者が幾人かいたと不動産屋から僕は聞いていた。主屋は一族の本家の建物なので、売り主はそのまま残したかったようだ。

「波打っている」と指摘された屋根について友人の瓦職人に尋ねてみた。

「この程度の反りやゆがみはたいした問題じゃないよ。古い家ならどこだってこんなもんだ」と屋根を見た友人の言葉に僕は安心した。

「日本では新しい家ばかりに価値があるのね。イギリスだと古い家に目を向ける人が多い。よく手入れされた古い家は新しい家よりも値段が高いのよ」と古いもの好きなベニシアは笑った。

ずっと暮らす家を住み心地よくする

僕たちは家を手に入れて大原へ引っ越した。これまでの借家時代は、釘1本打つのも遠慮したが、自分の家なら釘を１０００本打っても誰も文句は言わない。これからは陽が当たる表通りを歩いて、胸を張って生きていこうという前向きな気分。この古い家を、住みやすいだけでなくカッコイイ家にしよう。僕は毎日のように、素人の日曜大工を続けた。でも日曜大工の範疇を越えた大工事には手が届かない。屋根瓦の全面張り替え、風呂と水洗便所新設、そして下水工事などの大がかりな仕事はさすがに工務店にお願いした。

引っ越す前から、じきに大原にも下水が配管されるだろうと聞いていた。でもそれはなかなか実現されず、そんな夢物語があったことさえ忘れてしまっていた。僕たちが大原へ引っ越して17年後の２０１３年、ようやく下水道が大原の村々に配管された。

この家に住むようになって一番の気がかりは、ボットン便所（汲み取り便所）の臭いだった。水洗便所が当たり前の都会から遊びに来たお客さんたちは、「昔の農家は便所臭いな」と思ったことだろう。ボットンが水洗に変わったのは、この家にとって革命であった。お尻を洗ってくれるのがすごい。僕がインドを旅したときは水で洗っていたが手を使っていた。ところが温水洗浄便座だと温水が噴出して勝手にきれいにしてくれる。すごい。自分のお尻だけでなく心までキレイになり、住まいも清潔感が漂う美しい家に変わったかのように感じられた。

大原の古い家は、どの家も田の字型の間取りである。上から見おろすと漢字の「田」の字のように部屋が四つに分かれ、仕切りの襖を開けると一つの大きな部屋としても使える。我が家では、田の字の2部屋を座敷から板の間に変えた。板の間を台所と洋風ダイニングルームとした。座敷のひと部屋は和風ダイニングルーム、床の間のある座敷は応接間とした。ダイニングルームが開放的な居間であり家の中心だ。1階は居間やキッチン、トイレや風呂といった皆で使う場所で、各自の個室は2階の部屋と使い分けていた。

ところが、目が悪くなったベニシアにとって、2階への上り下りが危険だ。「ベニシアさんの部屋を1階に移す方がいい。階段から落ちて骨でも折れたら大変だよ。動けなくなると急に老け込む。そんな人を僕は何人も知っている」と本誌編集長の山下さんは警告する。部屋を移さなくては……と思っているうちに数ヶ月が流れた。僕一人だと重くてベッドを運べないのだ。

昨年の夏の朝、ベニシアの訪問介護のタイミングで、近所の友美さんが遊びに来た。チャンス到来である。2階からベッドを降ろす手伝いをお願いした。まず僕は2階の窓から屋根瓦を伝い、ベッドの土台となる木枠を庭で待機している二人に渡した。狭い階段伝いだとベッドを分解する必要がある。それが面倒なので屋根から降ろすことにしたのだ。

問題はベッド・マットであった。マットの厚みは30センチぐらいあり、中に重いクッションが詰まっており、重さが30キロ近くもある。日本でこんなぶ厚いマットをあまり見たことないが、イギリスの上等なベッド・マットは違うみたい。そのマットを屋根から庭の二人に渡そうとするが、重いので受け取れずに下の二人はモタモタ。滑るので屋根瓦の上に裸足で立つ僕は、足の裏が熱い。軒下に近い瓦はそれほどでもないが、夏の熱い陽射しを早朝から浴び続けている屋根の縁の方は目玉焼きができるほど熱かった。

ベニシアの部屋を1階の応接間に移したことで、これまでの住み分け秩序が変わった。来客は応接間へ通すのが

1 大原名産の紫蘇を収穫して紫蘇ジュースをつくる。 2 庭の梅の実は梅酒に。 3 我が家の吹き抜けの土間にあったおくどさんの台所は、民俗学の展示物を見るよう。 4 忘れた頃にようやく大原に引かれた下水管。配管の大工事。 5 我が家の革命となった水洗便所は、身も心も洗う温水洗浄便座だ。

「よく手入れされた古い家は新しい家よりも値段が高いのよ」

定番だったが、丁寧な応対が必要な人はほとんど来ない。気楽な友人たちはダイニングルームで勝手にやっている。ベニシアの部屋となった座敷には、テーブルや椅子、ベッド、洋服ダンスが置かれた。座敷であろうが板の間であろうがベニシアはどこでもスリッパを履いたままだ。靴やスリッパを屋外と屋内、トイレなどによって履き替える日本人の習慣は、ずっと靴を履いたまま暮らす西洋人にとって面倒のようだ。「家の中の段差を無くしてバリアフリーな住まいに改築して欲しい」とベニシアは僕に頼む。湿気の多い大原の家は、床下が60～70センチと日本の一般の家よりも高い。バリアフリーにするには大工事になるだろう。今のところ思案中である。

かじやま・ただし

1959年長崎県生まれ。写真家。山岳、登山、自然風景をテーマに撮影執筆。1996年、妻のベニシアさん、息子の悠仁さんと京都大原の古民家に移住。その暮らしの様子を『チルチンびと』に2010年から7年間連載。2019年、それらをまとめた書籍『ベニシアと正、人生の秋に』（風土社）を上梓、現在好評発売中。

連載

ベニシアと正、明日を見つめて

文・写真＝梶山 正

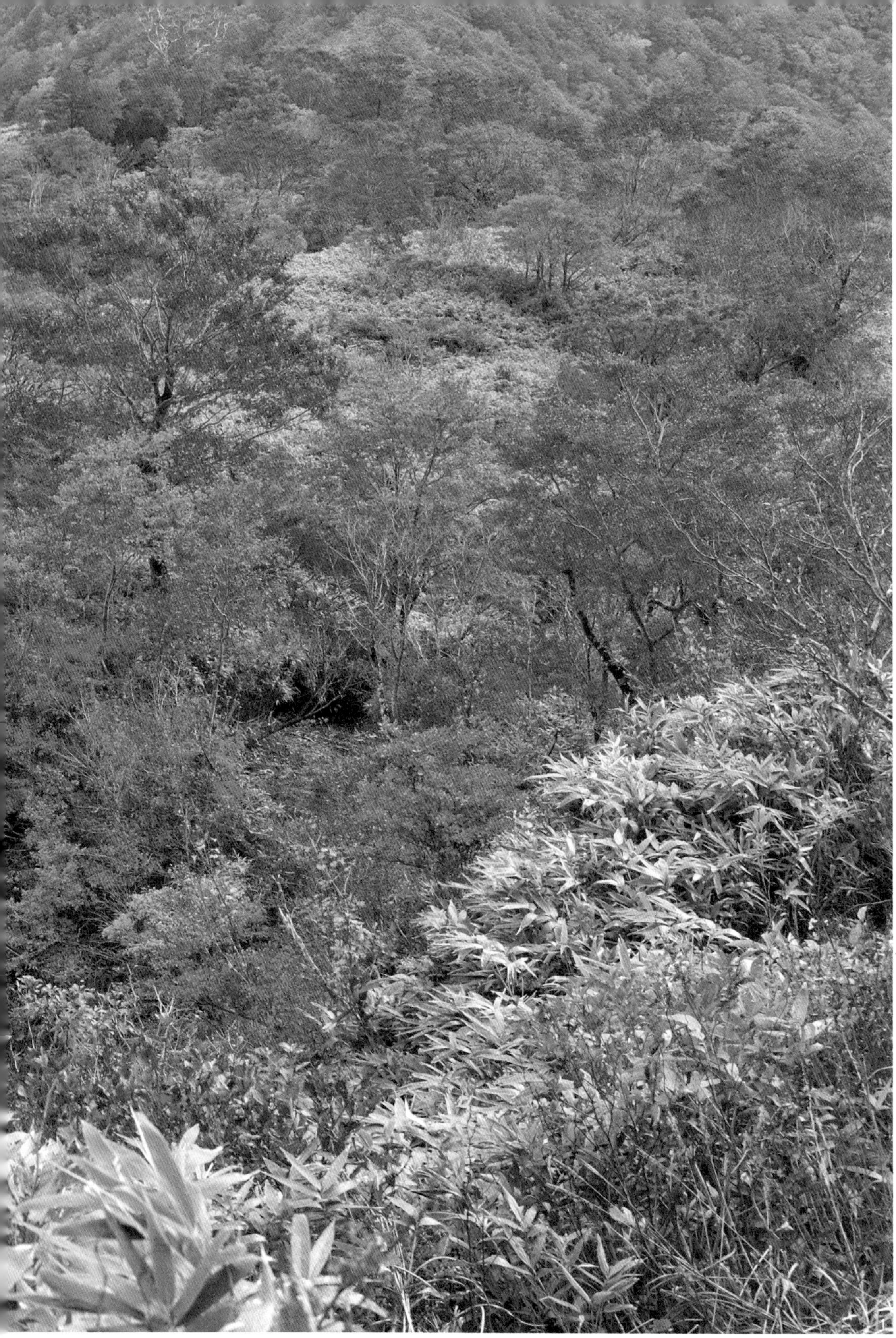

1

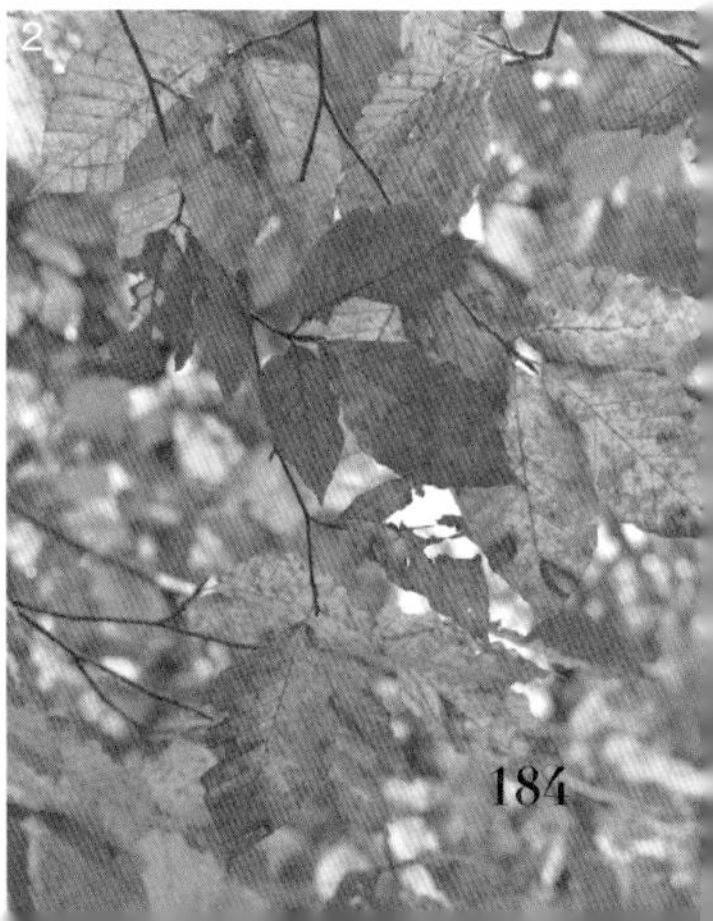

2

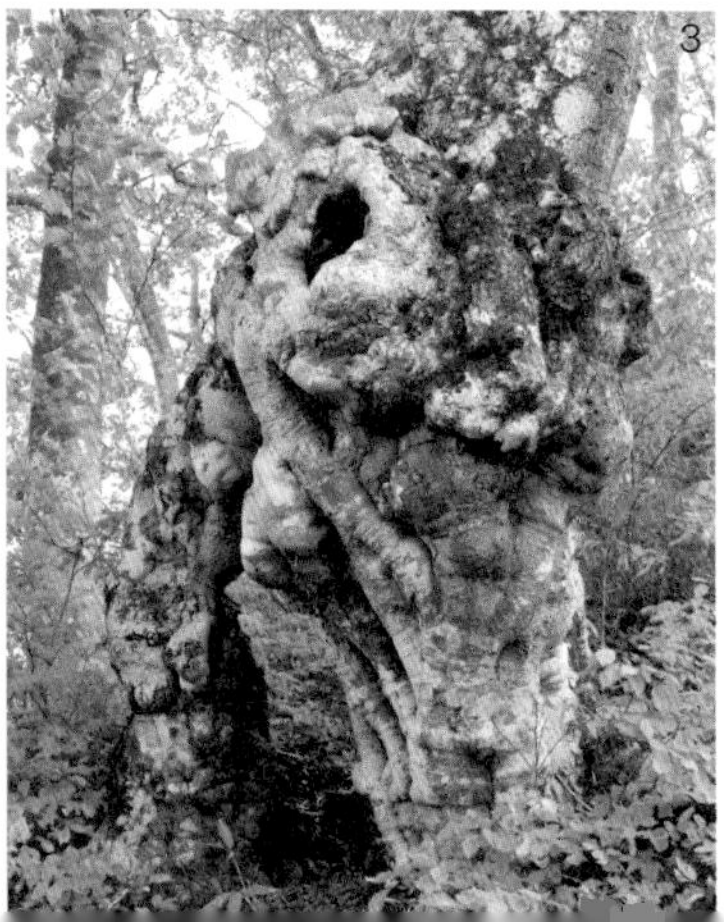

3

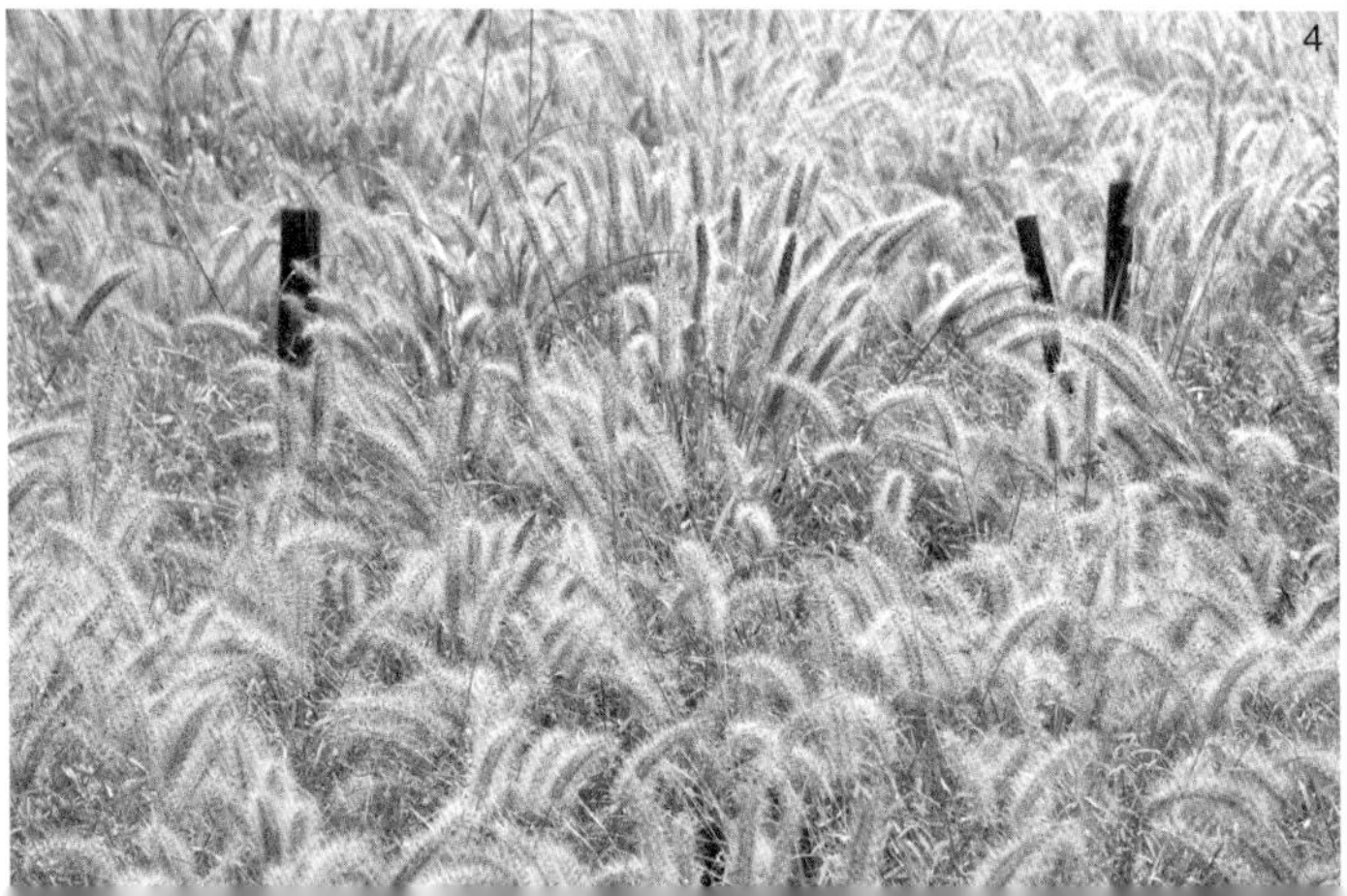

4

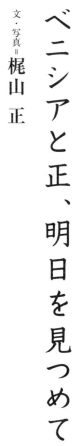

京都大原の古民家に
暮らし始めて、
いつの間にか25年が過ぎた。
この家は
僕たちの生活を支え、
温かく見守り続けている。
ここ数年で妻
ベニシアの目がどんどん
見えなくなっている。
僕は戸惑いながら
介護する毎日だ。
そんな僕たちの
ありのままの暮らしを
綴ってみよう。

1能郷白山中腹の紅葉。白山を開いた泰澄上人は、山頂からこの山を見て718年に開山。

2ブナの黄葉。　3荒島岳登山者に親しまれた「トトロの木」は嵐で倒れ、今はもうない。この山も泰澄上人が開いた。

4山麓で見かけたチカラシバ。「猫のしっぽ」みたい。

我が家の庭と周りの自然から、食材を調達してみたい

我が家の庭の話をしよう。いまはできなくなったが、目が見えて元気だった頃、ベニシアは暇さえあれば庭の手入れをしていた。庭は季節の花でいつもあふれていた。彼女の手が及ばなくなってから庭はだんだんワイルドになっている。

樹木の剪定や庭の工事などは、造園屋「庭椿《にわつばき》」のバッキー（椿野晋平《つばきのしんぺい》）にずっと頼んでいる。彼が京都造形大学の環境デザイン科にいた20年以上前からの付き合いになる。テレビ番組『猫のしっぽカエルの手』では、毎回庭の様子が放映されている。バッキーは我が家の庭をメンテナンスする重要なポジションにいるので、いつもこの家の庭のことを気にかけてくれる。5月に剪定に来てもらったときの休憩時間には、お茶を飲みながらベニシアも一緒に庭や家族のことなど話してくつろいだ。彼の趣味の釣りについて僕は訊ねてみた。

「釣った魚は食べるの？」

「ブラックバスは美味しくないと言われているし、その場で逃がしている」

「料理のやり方によるんじゃないの。岩魚やアマゴは美味いでしょう？」

「去年、福井県の川で50センチクラスのマスを釣りましたよ」

「それは美味かったでしょう。どうやって食べたの？」

「いや…、針を口から外そうとしたら『オエッ』とか魚が言うもんで、なんか気持ち悪くて逃がしました」

「え～。魚がしゃべるって変ね。でも食べられなくてその魚はラッキーでした」とベニシア。そんな雑談のあとバッキーは、松やカエデを美しく剪定してくれた。

6月になるとドクダミが庭のあちこちに白い花を咲かせ、ミント類が草むらのように群生する。それらの葉を摘んでフレッシュ・ハーブティーを作って飲むうちに、この庭と家の周りにはいったいどのくらい食べられる植物があるのかと調べてみた。ベニシアの目が悪くなってから、僕はいつもおかずを作っているので、おもしろい食材はないかと常に考えているのだ。

1

2

3

まず、庭の西洋ハーブを観察すると、多年草や樹木のハーブばかりだった。1年草はワンシーズンしか持たないので、毎年、新たに種か苗を植えなければ消えていくのだ。コモンタイム、レモンバーベナ、レモンバーム、オレガノ、スペアミント、アップルミント、ペパーミント、ローズマリー、パセリ、オリーブ、月桂樹、フェンネル、セントジョンズワート、ホップ、ハニーサックル、ラベンダー、ベルガモット、センティッドゼラニウム、ヤロウなどの姿を見つけた。

庭に育つ食べられる日本の植物はミツバ、ネギ、ミョウガ、ドクダミ、ツワブキ、ユキノシタ、ギボウシ、クワ、フキ、オオバコ、ビワ、ウメ、イチジク、ユズ、サンショウなど。試したことはないが、ムクゲやフヨウの花も食べられるそうだ。家の周りの土手を歩いてみるとタンポポ、ヨモギ、ノビル、クレソン、クズ、イタドリ、スイバ、ギシギシ、カラスノエンドウ、ツクシ、アザミなどいろいろとあるじゃないか。近くの山を歩けばキノコなども見つかるだろう。

一昨年の12月初旬のこと。鍋でもつついて語り合おうと、登山の仲間が我が家に集まった。横浜から服部文祥《はっとりぶんしょう》も

参加したが、岡山で用事を済ませてから来ると言う。自称サバイバル登山家の彼は、山に入るとき食料をできるだけ現地調達する。米と調味料は持参するが、川魚や蛇、カエル、山菜、キノコなど見つけたら収穫して食料にする。よほど狩が興味深いのか狩猟免許も取り、ライフルまで手に入れてしまった。それからは冬の狩猟シーズンに入ると鹿や猪、熊を追っている。今回は岡山県の川へ足を延ばしてヌートリアを撃ってきた。

ヌートリアとは南アメリカ原産の水辺に暮らす大型のネズミである。日本では軍隊の防寒服の毛皮を取るために、戦時中飼育されていたようだ。戦後、毛皮の需要がなくなると野に放たれ、現在は野生化している。農作物の食害や在来種の生態系への影響も深刻であり、日本の侵略的外来種ワースト100に選定されている。

我が家に着いた文祥は、玄関脇のテラスのテーブルにヌートリアを放置したまま部屋の中で寛いでいた。ちょうどベニシアの訪問介護に来たヘルパーさんは、三体もの巨大なネズミが無雑作に置かれているのを見てぶったまげてしまった。彼女は仕事のシフトが変わったばかりで、我が家にまだ慣れていない新人だった。

「イギリスの人って、あんなものを食べるのかと思いましたよ……」。その後、我が家に何度も通い、慣れた頃にその日の想い出を彼女は話してくれた。

鍋の日は、先に着いた別の友人がすき焼き用牛肉を買ってきたので、結局ヌートリアは冷凍した。その後、冷凍庫を開けるたびにヌートリアの手や足の指などが目に入る。なんかちょっと、こういうジビエに慣れてないので怖い。どうしようかと悩みつつカレーを作ってみた。僕は何も言わずにごはんにカレーをかけてテーブルに出した。

「美味しいわね」とベニシアは喜んだ。ヌートリアの肉は鶏肉のようにさっぱりして食べやすかったのだ。

店で買うのではなく、山野草やハーブは周りの自然や庭から調達できる。動物の肉の調達は、僕にとって敷居が高すぎる。魚ならできそうだ。琵琶湖でブラックバス釣りに挑戦し、美味しい料理法も探ってみたい。この魚はヌートリアと同じく日本の侵略的外来種ワースト100のひとつなので、どんどん食べて減らすのがいいと思う。広い空き地もあるので、野菜作りもやらなくては。

「やっぱ、ドクダミは臭いなあ」

1ドクダミとミントのハーブティー。2梅の木を剪定するバッキー。3人生初の梅干しづくりに挑戦。4収穫された、庭を占拠する大量のドクダミたち。「やっぱ、ドクダミは臭いなあ」とベニシア。5体にいいお茶になるドクダミとミントたち。

かじやま・ただし
1959年長崎県生まれ。写真家。山岳、登山、自然風景をテーマに撮影執筆。1996年、妻のベニシアさん、息子の悠仁さんと京都大原の古民家に移住。その暮らしの様子を『チルチンびと』に2010年から7年間連載。2019年、それらをまとめた書籍『ベニシアと正、人生の秋に』（風土社）を上梓、現在好評発売中。

連載

ベニシアと正、明日を見つめて

文・写真＝梶山 正

京都大原の古民家に
暮らし始めて、
いつの間にか26年が過ぎた。
この家は
僕たちの生活を支え、
温かく見守り続けている。
ここ数年で
妻ベニシアの目がどんどん
見えなくなっている。
僕は戸惑いながら
介護する毎日だ。
そんな僕たちの
ありのままの暮らしを
綴ってみよう。

１岩手と秋田の県境をなす高原台地の八幡平。源太森の針葉樹林帯の向こうに八幡沼の雪原が広がる。

２長野県、霧ヶ峰の八島ヶ原湿原から車山を望む。

３南アルプス南部の光岳より、黎明の聖岳と富士山。

1

3

2

薪の炎で美味い料理をつくってあげよう

1

梅雨明けの7月中旬から、僕は一人暮らしになった。ベニシアがグループ・ホームで暮らすようになったからだ。ここ2年半の朝と夕、訪問介護のヘルパーさんが目の不自由なベニシアを世話してくれていた。介護施設の見学にも何度か行ったが、そのたびにベニシアは入居を拒んだ。僕は仕事や買い物の外出も、やりにくい状況が続いていた。

ベニシアには子供が4人いるが、それぞれ自分の生活に追われているのであまり来てくれない。そんな中、次女のジュリーだけは毎週末来てくれた。とはいえ彼女も訪問介護の世話になっている障害者であり、こちらの希望と期待には、あまり応えられない。ジュリーが来ると僕は外出できるので、息抜きができたのは事実だ。

介護施設はコロナ禍のため面会禁止が続いていたので、ベニシアの入居を延期していた。それがようやく面会できる状況となり、本人も納得してくれたので入居を決めた。ところが当日ホームへ連れて行くと「こんなところ絶対にイヤ」と怯えたような顔。僕や息子の悠仁ファミリーやホームのヘルパーさんたちは困ってしまった。始めのうちは4歳の孫の來愛《くれあ》が話しかけても、不安なベニシアは泣いてばかり。僕たち大人が見てやることができないので、そこらで勝手に遊びまわっていた來愛は、1時間も経つ頃にはホーム利用の年配者やヘルパーさんたちの人気者になっていた。ようやくにこやかな雰囲気となり、ベニシアの気持ちもだんだんと和んだ。そのタイミングで彼女にバイバイを言わずに、僕たちはこっそりとホームをあとにした。

入居してしばらくは毎日ベニシアに会いに行った。「帰りたい」という言葉が彼女の口から出ないよう、毎回、僕は気を使った。彼女がホームに入ったら、僕はこれまでのような介護仕事から解放されて楽になるだろうと思っていた。ところがどうしたことか……、ベニシアを「姥捨て山」に置いてきた罪の意識に苛まれる。介護経験者やヘルパーさんたちは、家族がそういった心情になる傾向を知っている。それで慰めや同情や応援の言葉を何度かもらった。おかげで、この罪の意識は徐々に薄らいでいるように感じられる。

ホームの利用者さんは認知症のせいか、そこで仲のいい友人をつくるのは難しいのかもしれない。ベニシアは淋しいようだ。彼女の友人たちは大原のスポーツ・ジムや喫茶店へたまに連れ出してくれる。それがベニシアにとって何よりの楽しみである。

ホームでの食事は年配者向けのあっさり和食で、ベニシアは苦手であまり食べていない。おやつに果物を持っていくと「おいしい」を連発してたくさん食べる。あっさりとした和食でもバターやオリーブオイル、胡麻ペーストなどをかけると西洋人好みの味になるはず。でも、そこのホームでは許していない。

ベニシアがホームに入居して約1ヶ月が過ぎた8月20日、京都府は4回目の緊急事態宣言となった。東京オリンピックが終わり、次のパラリンピックが始まるまでのときだった。

これによりホームは面会禁止となった。

いっぽう僕は、オリンピックに続いてパラリンピックの間も、テレビの前に釘付けとなった。心底から感動したシーンがある。障害者の選手がどうやって泳ぐのかと興味深く見ていたら、両手両足がない選手が出場していた。その選手は、仰向けでドルフィン・キックの動き、つまり、顔を空に向けてイルカのように体を動かして前へ進んでいた。人間は努力すれば何だってやれるのかもしれないと考えさせられた。

ベニシアが居なくなって、僕は毎日一人でごはんをつくって食べている。丸1日誰とも会わず、会話のない孤独な日もある。「緊急事態宣言が解除されたら、ベニシアを呼んで料理をつくってあげよう」とある日ふと思った。薪ストーブや焚き火料理が楽しいので、それに関する本や調理器具を新たに調べてネットで注文した。

まずは鋳鉄製のダッチ・オーブン。これはアメリカ西部開拓時代から使われている、ぶ厚い鍋で蓄熱効果が高く冷めにくい。重い蓋と鍋は気密性が高く、ウォーターシール機能で無水調理がしやすい。また内部の圧力が高まり圧力鍋の働きもする。それと蓋をしたダッチ・オーブンに上からも下からも薪や炭で熱を加えればオーブンとしても使える。さらに底に桜やナラの木のチップを敷き、その上に焼き網を置いて肉や魚を蒸し焼きにすることで燻製料理もできる。ダッチ・オーブンは8インチ（直径約20センチ）または10インチ（直径約25センチ）が使いやすい。

次にスキレット。これは深いダッチ・オーブンがより浅めとなって、柄が付いたフライパンの形状で片手で持てる。蓋はダッチ・オーブンのように上に熱源を置くのに特化した形状ではないが、薪ストーブの中に入れてオーブンとしても使える。

最後はホットサンド・メーカー。食パン2枚の間にベーコンやチーズ、野菜などの具材を挟んで蒸し焼きにする優れもの。美味いホットサンドが子供でも簡単にできる。2枚の薄いフライパンで上下2面から材料を挟み両面を焼く構造だ。これは安くて家のガスコンロなどでも使いやすい。とはいえ柄の部分が木製や樹脂製なので、薪ストーブや焚き火では柄が燃える。探してみるとトルコ製のLAVAのホットサンド・メーカーは柄も鋳物製で、二人分のホットサンドが一度に焼ける2倍の大きさ。表面は波目入りでステーキを焼くのにも良さそうだ。こういったクラシックでワイルドな調理器具を新たに得て美味しい料理に挑戦している。

余談だが、近くにアウトドア・ショップが開店したと聞いたので、覗きに行ってみた。店内に並んでいるものを見て僕は愕然とした。焚き火やアウトドア・クッキングに関する道具ばかりだったからだ。僕が数日間、ネットでいろいろと調べて手に入れた商品のほとんどが、そこに並んでいた。最近、キャンプする人が増えているなと思っていたら、いつの間にか僕も流行と同じことをやっていたみたい。でも、まあいいか。誰だって美味しい料理を食べたいのだから。

4

3

2

5

「おいしい」を連発してたくさん食べる

1 友人のアマンダさん（左）と大原を散歩するベニシアさん。 2 ダッチ・オーブンで煮込んだ焼豚。 3 魚介のパエリア。最後は薪ストーブの中に鍋ごと入れて仕上げた。 4 ベーコン、チーズ、ピーマンを挟んで焼き上げたホットサンド。
5 薪ストーブ・クッキングで使う調理用具。

かじやま・ただし
1959年長崎県生まれ。写真家。山岳、登山、自然風景をテーマに撮影執筆。1996年、妻のベニシアさん、息子の悠仁さんと京都大原の古民家に移住。その暮らしの様子を『チルチンびと』に2010年から7年間連載。2019年、それらをまとめた書籍『ベニシアと正、人生の秋に』（風土社）を上梓、現在好評発売中。

連載

ベニシアと正、明日を見つめて

文・写真＝梶山 正

京都大原の古民家に暮らし始めて、いつの間にか26年が過ぎた。

この家は僕たちの生活を支え、温かく見守り続けている。

ここ数年で妻ベニシアの目がどんどん見えなくなっている。

僕は戸惑いながら介護する毎日だ。そんな僕たちのありのままの暮らしを綴ってみよう。

1林床をレンゲツツジの花が彩る白樺林。　2 6月中旬に長野県の霧ヶ峰と美ヶ原を結ぶビーナスラインを走ると、あちこちにレンゲツツジの花が咲いている。
3 一つの枝から2〜8個の花を咲かせる。本州に生えるツツジの花の中では最も大きい。

Vol.6

誕生日会は、鴨の丸焼きに初挑戦

去年の夏の終わりのことである。思い立って冷凍庫の掃除を始めたら、七面鳥の丸1匹の塊を発見した。その冷凍庫は、家庭用冷蔵庫に付属した小さなオマケタイプではない。洗濯機ぐらいの大きさがある、上から蓋を開けるタイプの本格的な冷凍庫である。その七面鳥は、キャンプで使うクーラー・ボックス用保冷剤などのずっと下に隠れていたので、これまで気づかなかったのだ。おそらく2～3年前にベニシアが買ったのだろう。ちょっと時間が経っているのは気になるが、マイナス18度の冷凍庫内にいたのだから、まあ大丈夫だろう。クリスマスに焼こうと決めて、七面鳥は再び庫内で眠ってもらうことにした。

紅葉の山へ行く間もなく秋が過ぎた。僕は仕事の写真を撮るためによく山へ行くのだが、近頃はその時間がつくれない。介護施設にいるベニシアに、毎日面会に行くからだ。目が見えなくなった彼女は自分で歩き回ることができず、椅子にずっと座って1日を過ごしている。そんな日が続くと、歩く筋肉が落ちる。夏の緊急事態宣言のあいだ、施設での面会禁止が続いた。緊急事態が終わった40日後に会いに行くと、ベニシアはほとんど歩けなくなっていた。再びそうならないように、30分間の散歩を日課と決めた。それで僕は施設に毎日通うことにしている。

12月に入ると、七面鳥が気になり始めた。ベニシアが元気だった頃は、毎年クリスマスになると彼女が焼いて、僕は食べるだけだった。今度は僕が焼く番だ。うまくやれるか不安だ。12インチのダッチ・オーブンで焼くつもりでいたので、試しにそのダッチ・オーブンを薪ストーブの燃焼室にセットしてみようとすると、大き過ぎて入らないことが判明した。困った。

1

ならばガス・オーブンを使おう。とはいえ半年前からそれは壊れていた。仕方がないのでメーカーに問い合わせて修理に来てもらう。電気系統の部品を一式交換するとオーブンは復活した。害虫等がスイッチの裏に入り込んで、電気回路が腐食したのが原因だろうという。かつてのシンプルな原始的オーブンは故障が少なかった。便利な現代のオーブンはコンピューター制御など必ず電気部品が関わるので、故障するとメーカー以外の人はとても手が出せない。

25日はキリスト、27日はベニシア、29日が息子の悠仁の誕生日である。これら三つを合体したランチ・パーティーを28日に開くことにする。ちなみに、15日の僕の誕生日は誰からも忘れられ過ぎ去っていた。

西洋人にとってクリスマスは年間を通じて最も重要なイベントの日である。その日に何もやらないのは寂しいだろうと気遣って、25日はベニシアが好きな牡蠣のグラタンをつくった。世話になっている介護施設は、予約すれば外出を許可してくれる。このコロナ禍では、面会制限や禁止の施設がほとんどなのに、こうして連れ出せるのはありがたい。

さてそのランチ・パーティーで、「28日は七面鳥を焼くつもりです」と僕は解

凍中の七面鳥を皆に見せた。

「あー、ダックね」

「いや七面鳥だよ」

「でもDucklingって書いているよ」

「エーッなに……？　それって丸焼きにするって意味じゃないの？」

「Ducklingは子鴨のことよ」


　大学で英語を教えている英国人のアマンダさんが言うのだから間違いないだろう。Ducklingのスペルにはingが入っているので、この単語は動詞だと僕は思い込んだ。また、この冷凍の物体は七面鳥だという固定観念があったので、Ducklingの単語を見て《丸焼き用の七面鳥》と僕の頭の中で変換作業が行われてしまった。そういえば、「6〜7キロもある大きな七面鳥しかなかったから、今回は小さめの鴨にしたよ」とずっと前にベニシアが話していたことが思い出された。

　パーティーの3日前に来客数が増えるという連絡が入った。困った。2キロ半の鴨1羽じゃ足りそうにない。量を増やすため、急きょ薪ストーブでロースト・ビーフも焼いておく。前につくったときは火を通し過ぎたので、新たに調理用温度計も仕入れておいた。肉の中が50度で取り出すと頃合いの半生の焼き加減でうまくいった。

　さて、いよいよ28日である。朝から僕は料理に忙しい。鴨の詰め物にするため玉葱、人参、セロリとハーブ、ハムの角切り、生パン粉を合わせ、鴨の腹に詰める。本誌編集長から「ベニシアさんの目が良くなるように」といただいていた秋田県鹿角市のブルーベリーを使ってさっぱり味のジャムもつくる。これは鴨に添えるクランベリー・ソースの代わりである。180度、2時間にセットしたオーブンに鴨を入れる。焼けるまでに、鴨の首の骨と香味野菜でだしを取り、グレービー・ソースもつくっておく。ゲストの花ちゃんが来たので、付け合わせのロースト・ポテトとブロッコリーは彼女に任せた。

　昼前になると、悠仁に連れられたベニシアも大原の家に到着。チャールズさんは大きなキャロット・ケーキをつくって来た。ゲストの皆さん全員到着。料理はなんとか間に合いそうだ。肉の内部の温度が80度になったので、仕上げはオーブンの温度を220度に上げて鴨の表面をカリッとさせる。僕は料理の写真を撮りたいので、鴨肉の切り分けはチャールズさんに頼んだ。美味しそうな料理を前に、ニコニコと皆の顔は幸せそう。


　グレービー・ソースをかけた薄切り鴨肉に、甘いブルーベリー・ソースと付け合わせの野菜を添えて出す。

「すごく美味しい」

とベニシアが言ってくれたので、丸焼き初挑戦の僕はホッとした。

かじやま・ただし
1959年長崎県生まれ。写真家。山岳、登山、自然風景をテーマに撮影執筆。1996年、妻のベニシアさん、息子の悠仁さんと京都大原の古民家に移住。その暮らしの様子を『チルチンびと』に2010年から7年間連載。2019年、それらをまとめた書籍『ベニシアと正、人生の秋に』（風土社）を上梓、現在好評発売中。

「すごく美味しい」とベニシアが言ってくれた

1前列左より時計まわりに、梶山来未さん、チャールズ・ローシェさん、菅原和彦さん、髙野稔弘さん、富浦花野さん、鈴木ゆかりさん、梶山悠仁さんと娘の来愛ちゃん、ベニシアさん。　2丸焼きの鴨肉をスライス。　3肉を切り分けるのは、西洋では男の仕事。　4チャールズさんがつくった2段重ねのキャロット・ケーキ。　5ベニシアさんは20歳で日本へ来て、家族や友人たちに囲まれて51年が流れた。

連載　ベニシアと正、明日を見つめて

文・写真＝梶山 正

京都大原の古民家に暮らし始めて、いつの間にか26年が過ぎた。
この家は僕たちの生活を支え、温かく見守り続けている。
ここ数年で妻ベニシアの目がどんどん見えなくなっている。
僕は戸惑いながら介護する毎日だ。
そんな僕たちのありのままの暮らしを綴ってみよう。

１白馬連峰栂池平の植物たち。生薬にもなるクルマユリ。　２オオバミゾホオズキは地下茎を延ばして群落をつくる。
３葉の粘毛から甘い香りの粘液を出して虫を誘う、食虫植物のモウセンゴケ。
４傘のように広がる葉のキヌガサソウ。
５朝陽さす栂池平の高層湿原。

かじやま・ただし
1959年長崎県生まれ。写真家。山岳、登山、自然風景をテーマに撮影執筆。1996年、妻のベニシアさん、息子の悠仁さんと京都大原の古民家に移住。その暮らしの様子を『チルチンびと』に2010年から7年間連載。2019年、それらをまとめた書籍『ベニシアと正、人生の秋に』（風土社）を上梓、現在好評発売中。

Vol.7

きつい指輪を外してあげよう

ベニシアと僕の日々の暮らしの様子を2019年に『ベニシアと正、人生の秋に』の共著でまとめた。それを出してもらいホッとしていたら、「続きを書きませんか」と編集長。「はぁ判りました」と言ったものの、1行も書かないうちに2年が流れた。「いったい、いつになったら始めるんですか?」と何度も編集長に詰め寄られた。もう逃げようがない。自分の執筆量をできるだけ減らす魂胆で、ベニシアが若い頃のことを振り返って書いた彼女の青春記を見せた。数年前にベニシアはそれを綴ったものの、そのまま眠らせていた。自分をこの世に残す作業を彼女はすでにやっていたのだ。それを読んだ編集長から、数日後に「梶山さんの若い頃のことを思い出して、まとめてください」と、電話がきた。

　逃げられないって、こういうことなのか……。自分の人生のなかで、目を逸らさずに、あることに向き合わねばならない時期というものがあるのかもしれない。

　昨年末からの約3カ月間、僕は家に引きこもり、パソコンのキーボードを叩き続けた。40、50年も前に過ぎた青春時代なんて記憶をたどるだけでも大変だ。グループ・ホームに入所しているベニシアとは、コロナ禍による面会禁止のため会うことが

1マークさんのギターにあわせて歌うベニシア。2酸性土では青い花を咲かすアジサイ。3ヒメザクロの花。4山椒の実は茹でて冷凍しておくと料理の薬味に使える。5香りがよいベルガモット。6梅雨の晴れ間の庭。7美容師アトムが我が家までヘアカットの出張。8青と紫のアジサイと白花のアナベル。9ジャスミンの香りがするクチナシの花。

できない。人とまったく喋らない日が続いた。

そんなある日、登山の友人から電話をもらった。

「だいぶ滑れるようになったので一緒にスキーへ行きましょう」

彼は3年ぐらい前にスキーを始めたばかりで、これまで一緒に滑ったことはなかった。家にこもって運動不足だった僕はスキー場へ向かった。彼と合流して30分ほど滑ったところで「膝をぐねってしまった。もう今日は滑れない」と彼。それから2週間後、別の友人と滑りに行った。すると、その友人も2時間ぐらい滑ったところで、膝が変だというので早めに止めて帰宅した。友人たちの膝の故障は、もう若くないということなのだろう。

その翌日、僕の膝関節は、何故かきしむような音を立てた。膝の潤滑油が足りていない感じがした。毎日、青春期を振り返る執筆なので、若い気分でいたのにどうしたことか。その夜から僕の膝は曲がらなくなった。夜中にベッドから出るのも一苦労で、2階の寝室から階段を降りてトイレへ行くだけで相当苦労した。次の朝、痛い左膝を見ると膝とその周囲はパンパンに腫れていた。

ビックリして膝を痛めた友人に電話をかけると、「悩んでも仕方がないから、まず病院へ行け」と言う。膝が曲がらないので車の運転はできない。タクシーを呼ぶのも面倒だ。どうやら僕も仲間達と同じく膝を痛めたようだ。ネットで調べると変形性膝関節症のようだ。関節のクッションである軟骨が、加齢や筋肉量の低下などによりすり減って、痛みが生じ、膝に水がたまった状態になる病気である。

1～2週間で治るだろうと思ったが、ちゃんと歩けるようになるまで1カ月半かかった。医者嫌いなので病院には行かなかった。おかげで原稿書きに集中できてよかったのかもしれない。青春記の挿絵に、ベニシアが描いた絵を家中から集めた。これまで見たことなかった花や庭や想い出の場所の絵がいくつも、スケッチブックに描かれてあった。今はもうベニシアは絵を描くことが難しい。目が見えなくなる前は、こんな風に世界を彼女は見ていたんだろうと胸が熱くなった。

ベニシアの絵のスキャンが終わると、青春時代の写真を探した。スキーの膝の痛みに耐えながら、倉庫に積んだ重いプラスチック収納ケースをいくつも開けてみた。そして思わぬ発見があった。日記である。思春期の14歳から10年間ぐらい、僕は日記を書き続けていた。自分が40年以

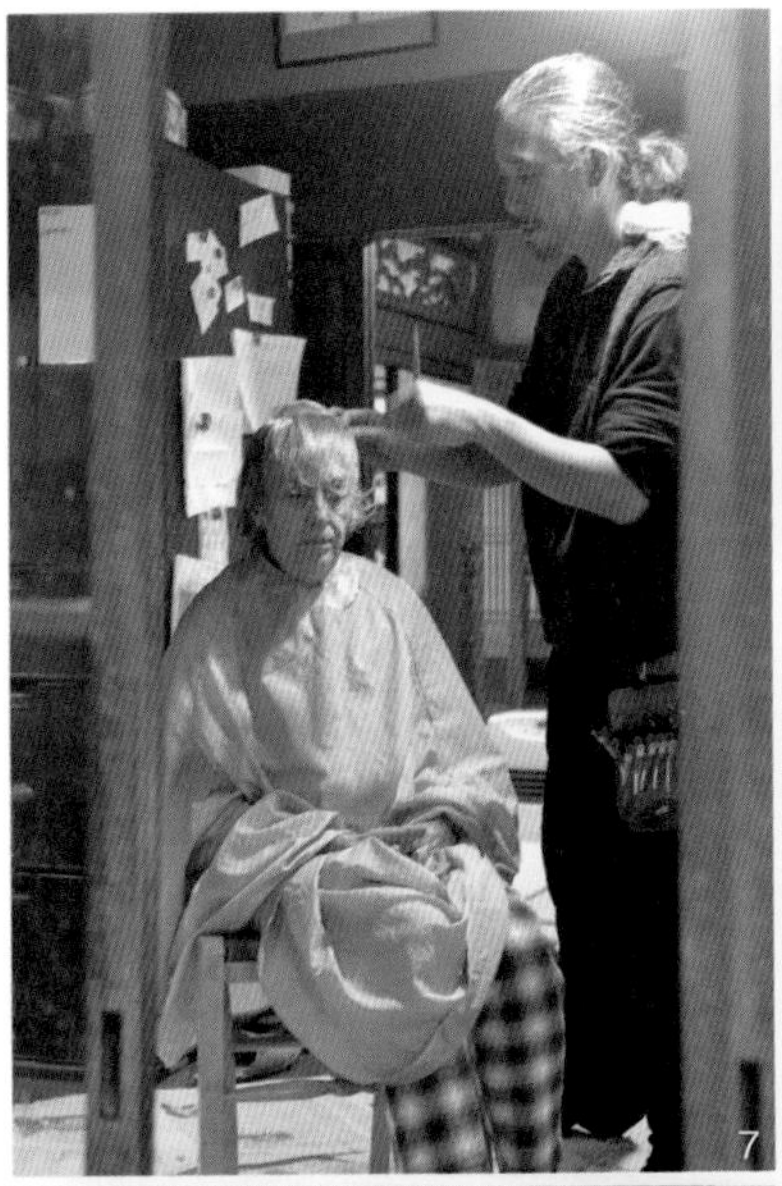
7

6

8

9

上前に書いたことなのに、日記の文字を辿ると物語を読むようで楽しく、恥ずかしくて赤面するような場面や感動もあった。なんで若い頃の僕はこんなにいつも悩んでいたのだろう。生きることは、辛いことなんだろうか……。本質的に僕は若いときの自分と変わっていない。今も青い尻のままなんだなと再確認できた。

　そんなある日、ベニシアのいるグループ・ホームから電話があった。翌日頼まれ物を持って行くと、少しの時間だがベニシアに面会できた。「指輪が痛いので、指から外して欲しい」と前から何度もベニシアに頼まれていた。このときも同じことを言われた。左手の薬指に一つと右手の中指に二つ、合わせて三つの指輪だ。まず最も容易に取り外せそうな左手の薬指の指輪に挑戦する。指輪が滑りやすいように、彼女の指と指輪に石鹸を塗り、水を付けてヌルヌルにしてジワジワとずらす。膨らんだ第二関節のところでスタックしている。

「痛い！　怖い！」

「ちょっとだけガマン。すぐに終わるから……」となだめつつやると5分間ぐらいで外せた。続いて右手中指にかかるがベニシアは痛みに対して我慢することが苦手のようだ。「キャー、痛いー」と大声で喚くので、とてもできないと思った。それでも外して欲しいらしい。翌日に再訪する約束をした。

　帰宅して「指輪の外し方」をYouTubeで検索すると、ハンドクリームを指に塗って指輪をジワジワずらして外す動画を見つけた。これは石鹸方式と同じだが8分間ぐらいで外していた。もう一つ別の動画は、消防署職員によるものだ。不思議なことだが、消防署へ行くと指輪を外して貰えるようだ。ここでは、たこ糸を使い10分間ぐらいかけて外していた。こちらの女性の指は関節部分がかなり腫れており、見た目ではまず絶対に無理に見えたが、さすがプロは火を消すだけでなく、指輪外しも上手だった。このたこ糸を使うやり方は動画を見ないと理解できないと思われるので、挑戦したい人は必見である。

　翌日、ハンドクリームとたこ糸を持ってベニシアの所へ行った。そしてハンドクリームだけでジワジワと外すことができた。痛がるのをなだめつつ、絶対に外せると信じて、落ち着いて実行するのがコツだと思う。気になることが解決できたベニシアは満足そうだ。無事に使命を果たした僕は、一人誇らしい気分になっていた。

連載　ベニシアと正、明日を見つめて

文・写真＝梶山　正

上／霧が流れた。登って来た尾根を振り返ると、紅葉した木々が姿を見せてくれた。
右／チングルマの花柱。

京都大原の古民家に暮らし始めて、
いつの間にか26年が過ぎた。
この家は僕たちの生活を支え、温かく見守り続けている。
ここ数年で妻ベニシアの目がどんどん見えなくなっている。
僕は戸惑いながら介護する毎日だ。
そんな僕たちのありのままの暮らしを綴ってみよう。

Vol.8

庭にたくさん花を咲かせたい

『万葉集』巻八に秋の野の花を詠んだ歌がある。

秋の野に　咲きたる花を　指折り
かき数ふれば　七種《ななくさ》の花

萩の花　尾花　葛花　なでしこの花
女郎花　また藤袴　朝がほの花

奈良時代初期の歌人、山上憶良が詠んだこの二首の歌により、日本の秋を代表する「秋の七草」という言葉が日本人の生活に定着した。秋は多種の花がたくさん見られる季節だ。秋の七草は見て楽しむためのもの。ここでそれぞれの特徴について記す。

「萩」はたくさん垂れる細枝に、小さな花を咲かせる落葉低木で、我が家の庭のあちこちで自然発生している。どこからか種が運ばれてくるのであろうか。

「尾花」とはすすきのこと。穂が動物の尾に似るのが名の由来とか。すすきは大原の河原や空き地でたくさん見られるので、わざわざ庭には植えてない。

「葛」はつる性植物。根から取れる葛粉は、葛餅や葛切りの材料になる。1876年のアメリカでの万博をきっかけに、飼料作物や庭園装飾、また土壌流失防止のため日本から移植されたが、あまりに繁殖力が旺盛なため、今は侵略的外来種の有害植物として駆除されるらしい。大原でも、そこら中の空き地を葛が覆っている。

秋になるとダケカンバは黄葉する。そして葉が落ちると、次は妖しい姿の白い幹たちが現れて私たちの目を楽しませてくれる。

「なでしこ」は、可憐なピンク色の花を咲かす。日本人女性の美称である大和撫子は、この花の名が由来だ。

「女郎花」。この漢字をおみなえしと読める人はそう多くないだろう。黄色い花は、美女を凌ぐほど美しいのが名の由来である。女郎は遊女の意味もあるので、花の名として相応しくないと思うのは僕だけであろうか。

「藤袴」の花の色はふつう淡紫色であるが白い花もある。野生種は数が減って絶命危惧種に指定されているらしい。我が家の庭では毎年たくさんの花を咲かせている。

「朝がほ」とはアサガオでなく、キキョウのこと。花の形の美しさから武将の家紋として使われた。秋の七草のひとつだが、梅雨から初秋の9月頃まで花を咲かせる。じつは夏の花と言える。

さてこれら七種の花の名は、「おすきなふくは？」という語呂合わせで覚えるといいだろう。

１白花のフジバカマ。　２ススキ。３ハギは『万葉集』で最もよく詠まれる花。　４ベニシアがつくったスパニッシュ・ガーデン。　５キキョウ。　６オミナエシ。　７風邪薬の葛根湯はクズの根からつくられる。８薄紫の花のフジバカマ。

庭好きなベニシアの手入れで、前はいつもたくさんの花が庭に咲いていた。ところが彼女の目が見えなくなったいまは、僕がガーデニング担当である。仕事が増えて大変だと思うが、じつは僕も少年時代から庭好きだったのだ。

　中学2年のことである。その頃は福岡の新興住宅地で暮らしていた。「錦鯉を見たくないか？　僕の家に遊びに来たら見せるよ」と友人。彼は僕が庭好きだと知り、僕に興味を示したようだ。彼の家を訪ねてみると、庭の中心に大きな池があり、色鮮やかな錦鯉たちが元気に泳いでいた。松やモミジに囲まれた滝からは澄んだ水が流れ落ち、山奥の渓流のようであった。彼が池の縁石を手の平でポンポン叩くと錦鯉たちが寄ってきた。餌を投げると大きな口を開けてパクリと食べた。

「梶山も池をつくって錦鯉を飼えよ」。その日から、僕の頭の中は池と錦鯉で一杯になった。

　50坪ほどある我が家の庭は、二つある築山に松やコウヤマキ、楓、ツツジ、サツキ、カイヅカイブキ等の庭木と庭石を配置した日本庭園である。中学生が見ても、あまりいい庭じゃなかった。京都の庭園写真を参考に、僕は庭に砂利を敷いたり苔を植えていた。

9友人と電話で喋るベニシア。
10比叡山が見える宝が池公園を娘の和美と散歩する。　11「子を撫でるように可愛がりたい花」が謂れのナデシコ。

かじやま・ただし
1959年長崎県生まれ。写真家。山岳、登山、自然風景をテーマに撮影執筆。1996年、妻のベニシアさん、息子の悠仁さんと京都大原の古民家に移住。その暮らしの様子を『チルチンびと』に2010年から7年間連載。2019年に書籍『ベニシアと正、人生の秋に』、2022年『ベニシアと正2』（風土社）を上梓、好評発売中。

　夏休みに入った。父は僕が好きなように池づくりをやらせてくれた。池は約2・5メートル×2メートルの楕円形で深さ80センチぐらいにする計画なので、まずはそれより少し大きめの穴を掘る。40センチぐらいの深さが一般的だが、深い方が錦鯉のためにいいという友人の意見に従った。山を削った造成地なので土が硬くて掘るのに苦労した。掘った穴から大きな石がいくつも出てきて、引っ張り出すのが大変だった。掘り上げた土は築山の後ろへ撒いた。日日、一輪車で土を運ぶ僕の姿を見て、近所の人は様子を見に来た。しばらくすると、「中学生が一人で庭に大きな池を掘っている」と噂になり、町内の庭好きな年寄りたちがちょくちょくやって来た。「中学生がそんなことできるのか？　セメントはどうする？　排水設備は？」。

　コンクリートはセメント、砂、砂利に水を混ぜてこねる。土台には金網を入れて補強した。表面はセメントと砂と水をこねたモルタルに、防水剤を混ぜて仕上げた。地中から掘り出した大きな石で、滝と池の縁石をつくった。池の水をポンプでくみ上げて滝から水を落として循環させるシステムだ。

　3週間ほどで池は出来上がった。モルタルが乾いたのでまず水を張った。心配していた水漏れはなかった。セメントからアクが出るのでアク抜きのため水を張り、その水を入れ替えてアク抜きを数回繰り返した。水を張った池に浸かると冷たくて気持ちがいい。足を伸ばして仰向けになって浮かぶと、照りつける夏の日差しが眩しかった。池をつくった充実感に満たされた夏休みだった。

　秋の七草だけでなく大原の庭ではたくさん花を咲かせたい。ときどき施設からベニシアを呼び寄せて、花咲く庭でランチパーティーをやらなくては。

ベニシアと正、明日を見つめて

京都大原の古民家に暮らし始めて、
いつの間にか26年が過ぎた。
この家は僕たちの生活を支え、温かく見守り続けている。
ここ数年で妻ベニシアの目がどんどん見えなくなっている。
僕は戸惑いながら介護する毎日だ。
そんな僕たちのありのままの暮らしを綴ってみよう。

文・写真＝梶山 正

田んぼと北山スギが育つ山に囲まれた我が家。ベニシアを待つ医師や看護師さんたちは、家の前を赤く染めるヒガンバナの光景を楽しんでいた。

Vol.9

ベニシアを家に連れて帰り、自宅介護を始める

今年の彼岸花はいちだんと赤かった。9月28日にベニシアは約1ヶ月間、入院していた病院を退院した。ベニシアと一緒に介護タクシーに乗り込んだ僕は、訪問医師や看護師たちがすでに待っている我が家の玄関口に到着した。ベニシアにとって1年2ヶ月ぶりの懐かしい大原の家に戻ったのである。

ベニシアはここ約1年間、グループホームの世話になっていた。僕は毎日のように面会に行って、彼女を近くの公園に連れ出して散歩させた。ところがコロナウィルス感染者が出たことで、施設での面会は禁止となった。7月28日にはベニシアがコロナに感染したと連絡を受けた。週一ペースで生活必需品を施設へ持って行く僕は職員にベニシアの健康状態をいつも尋ねていた。「元気ですよ」と毎回同じ返事が返ってくるのであった。

8月24日、ベニシアの熱が下がらないので、大きな病院で診て貰うために連れ出すと施設から電話があった。病院へ駆けつけると、肺炎を起こしているので入院しなければならないという。コロナで体が弱ったところに持病の非結核性抗酸菌症が活発化したらしい。彼女はやせ衰えて顔色が悪く、かなり弱っているように見えた。

入院した日本バプテスト病院はコロナ対策のため面会禁止体制であったが、不安そうなベニシアに会いに来るようにと翌日に連絡を貰った。僕はバイクを走らせて病院へ向かう途中、涙で前がよく見えなかった。

「男は泣いたらアカンとか思うでしょうけど、泣きたいときは我慢せずに泣くのがいいんですよ」と病院スタッフに慰められた。ここの病院スタッフはマザー・テレサのようなクリスチャンばかりかと思ったが、そうでもないらしい。医療に携わる人は、やさしくてまっすぐ真面目な人が多いのかもしれない。

病院でのベニシアのリハビリは屋外を散歩して外気に触れる

大原のベニシア宅を見舞いに来た息子の悠仁と嫁の来未（くるみ）、娘の來愛（くれあ）。来未の母の志保さんも一緒だ。

こと。理学療法士と僕がベニシアの車椅子を押して森に囲まれた病院駐車場を歩いていると担当の女性医師、湊先生が現れた。

「これから先、ベニシアさんをどうするおつもりですか？」

「これまでの施設ではなく、もっといい所へ移したいです」

「家で見ればいいじゃないですか。大原に彼女は帰りたがっている様子だし……」

「でも僕は仕事があるし、自宅介護だと仕事ができなくなるでしょう」

「ならば、ご主人も一緒に施設に入ればいい。施設から仕事に通えばいいじゃないですか」

「それはちょっと……」

「私は自宅介護することをお勧めします。仕事は辞めたらいいんじゃないですか」

　ここまで立ち入って、はっきりと患者の家族に意見する医者を僕は見たことがない。それから数日の間は、湊先生の言うことが妥当でないと僕は思っていた。ところが毎日病院へ顔を出して、ベニシアの病状を聞いたり、今後の対処方法などを話し合ううちに、僕の考えはジワジワと変わっていった。ベニシアが大好きな自宅で、これからの僕たち二人の人生に正面から向き合うことが、いまいちばん大切なことではなかろうか。

　こうして秋晴れの澄んだ青空の朝、赤い彼岸花に囲まれた大原の我が家で、ベニシアと僕の新たな人生が始まるのであった。

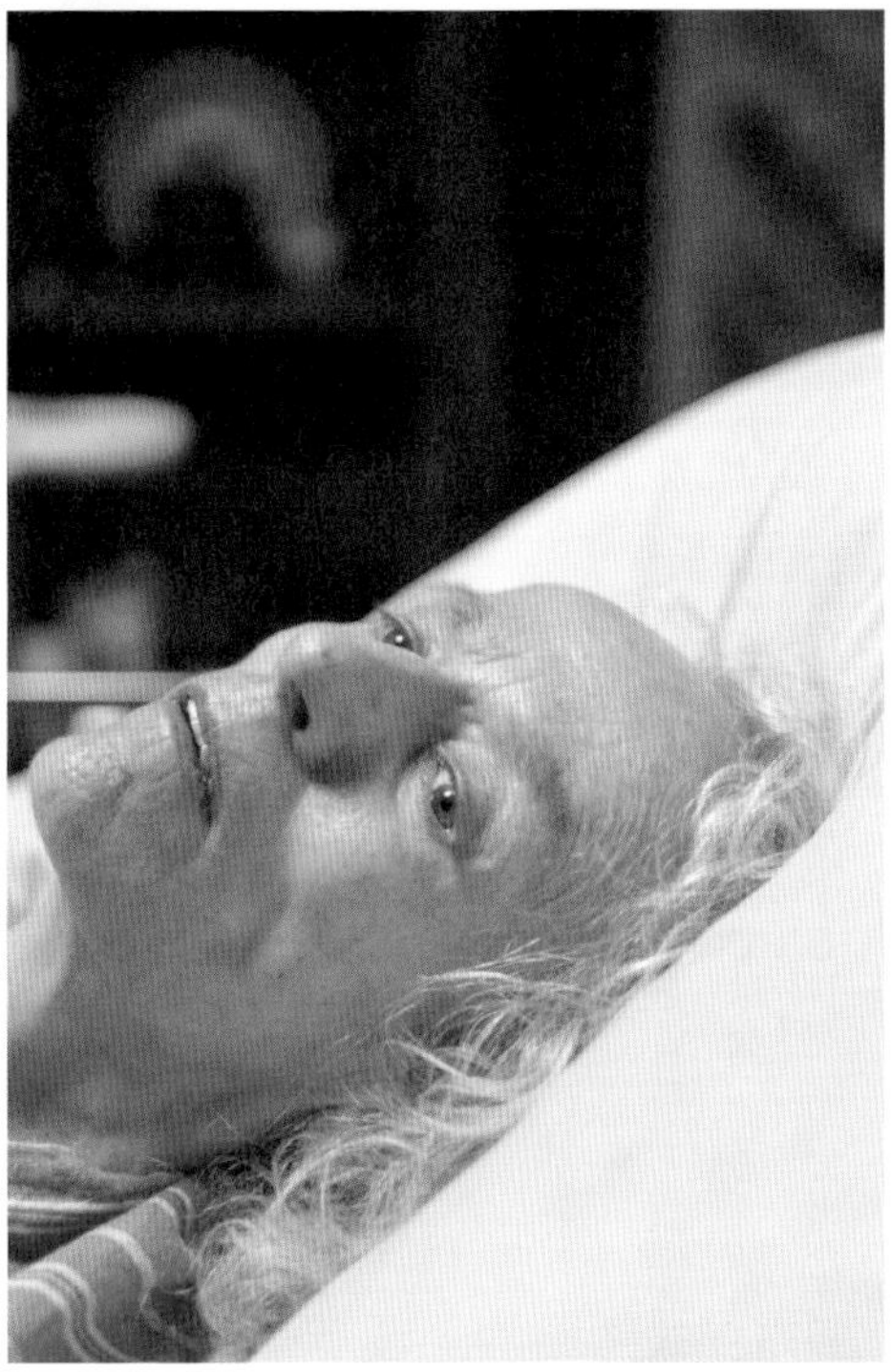

かじやま・ただし

1959年長崎県生まれ。写真家。山岳、登山、自然風景をテーマに撮影執筆。1996年、妻のベニシアさん、息子の悠仁さんと京都大原の古民家に移住。その暮らしの様子を『チルチンびと』に2010年から7年間連載。2019年、それらをまとめた書籍『ベニシアと正、人生の秋に』、2022年に続編となる『ベニシアと正２』（風土社）を上梓、現在好評発売中。

連載　# ベニシアと正、明日を見つめて

京都大原の古民家に暮らし始めて、
いつの間にか26年が過ぎた。
この家は僕たちの生活を支え、温かく見守り続けている。
ここ数年で妻ベニシアの目がどんどん見えなくなっている。
僕は戸惑いながら介護する毎日だ。
そんな僕たちのありのままの暮らしを綴ってみよう。

文・写真＝梶山　正

右／ワイン色でまとめたチューリップとビオラ。　左／春先に咲くスノードロップ。英国では修道院の庭によく植えられている。

Vol.10

ベニシアを看病しつつ、ナイチンゲールの生き方を思う

肺炎で入院したベニシアをこれまでいた施設に戻すのではなく、家に引き取り介護する日々が始まった。

毎日2回、我が家に訪問看護師が来て、まずベニシアの血圧と酸素飽和度、体温をチェックしたあとオムツを替える。摂食嚥下《えんげ》機能が落ちて食事ができないので栄養の輸液《ゆえき》に加え、抗生物質製剤や脂肪乳剤の輸液など1日に3種類の点滴をセットする。輸液は血管内に留置させたカテーテルというチューブを経て、心臓に近い中心静脈まで送られる。つまり、腕の末梢静脈から中心静脈まで輸液はカテーテルを通る。末梢静脈からは、濃厚な輸液を送れないからだ。

それから、吸引器を使って喉に溜まった痰を吸い取るが、これはかなり痛いようだ。吸引されるベニシアは嫌がるので、吸引する側も辛い。痰や唾が口の中の病原菌を含んで気管に入ると誤嚥性肺炎を起こす危険がある。肺炎は日本人の死因の5位に当たる病気だという。一連の作業に約1時間かかり、飲み薬をゼリーに混ぜて食べさせて終わりとなる。

看護師は、白衣で来るのだろうと僕は思っていた。ところが、運動服のようなスクラブ姿でナースキャップも付けない看護師さんが毎回登場した。

「なんで看護婦さんらしい格好をしていないんですか？」

「え？　これって、現代では普通ですよ。ナイチンゲールの時代のような白衣の天使をイメージしてたんですか？」

その名をどこかで聞いたことがあった。たしか子供の頃に伝記を読んだ記憶がある。

＊

英国のフローレンス・ナイチンゲール（1820～1910）は近代看護教育の母、看護師の祖と呼ばれている。17歳のとき、

上／春の庭を彩るアセビ。　下／日向ぼっこしていると、近所の少女が遊びに来た。

神からのお告げを聞いた。それにより人々を助けて奉仕する仕事をしたいと思った。良家のお嬢さんが進む社交界デビューに興味はなかった。31歳でドイツにある医療従事者の養成機関に入り、33歳からロンドンの病院で看護師の仕事を始めた。

　1853年にはクリミア戦争が起き、ナイチンゲールは38名の看護師団を整えて、イスタンブールのスクタリ野戦病院で働くことになった。ところが現地の軍医長官は、看護師たちに仕事を与えようとしない。それでナイチンゲールたちは、便所掃除などの人がやりたがらない仕事を重ねて、入院している負傷兵から信頼を得る。やがて彼女たちの活躍を新聞で知った英国民たちから支持を集めた。軍医長官らも看護師たちの働きを認めざるをえなくなった。

　その野戦病院の42%という高い死亡率は、戦争による怪我が原因ではなく、悪い衛生環境による感染症の蔓延が原因であった。彼女は衛生的な環境を保つ改革を起こし、4ヶ月後の死亡率は4%に激減した。

　2年後にクリミア戦争は終わり、ナイチンゲールは英国へ帰国するが過労で倒れる。以降50年間はベッドの上で150編以上の出版物を執筆し続けたという。

＊

　我が家に来てくれる看護師さんによると、

「私が通った看護学校では、ナースキャップを付ける戴帽式《たいぼうしき》がありました。その式場で、ナイチンゲールが看護に向き合う基本的な精神をまとめた『ナイチンゲール誓詞』を暗唱しました。日本の看護学校は、どこもそうしていたと思います」。

　看護の世界を一新したナイチンゲールだが、晩年の10年間は目が見えなかった。ベニシアも4年ほど前から目が見えなくなっている。

　ベニシアは自分の道を探そうと19歳のとき英国を旅立ちインドへ渡った。そこで、「自分が探し求めているものは、すでに自分の中にある」ことに気づかされた。この心の発見は「あなたが探し求めているものは、すでにあなたの中にある」とも言い変えることができる。

　このメッセージを人々と分かち合いたいと願い、東の果ての日本まで彼女は足を延ばした。ベニシアの生き方を振り返ると、ナイチンゲールと重なる部分を感じるのは僕だけだろうか。

かじやま・ただし
1959年長崎県生まれ。写真家。山岳、登山、自然風景をテーマに撮影執筆。1996年、妻のベニシアさん、息子の悠仁さんと京都大原の古民家に移住。その暮らしの様子を『チルチンびと』に2010年から7年間連載。2019年、それらをまとめた書籍『ベニシアと正、人生の秋に』（風土社）を上梓、現在好評発売中。

連載　**ベニシアと正、明日を見つめて**

京都大原の古民家に暮らし始めて、
いつの間にか26年が過ぎた。
この家は僕たちの生活を支え、温かく見守り続けている。
ここ数年で妻ベニシアの目がどんどん見えなくなっている。
僕は戸惑いながら介護する毎日だ。
そんな僕たちのありのままの暮らしを綴ってみよう。

文・写真＝梶山　正

上／旭岳に立つ梶山さん。下／友人の林君が建てた家。

雌阿寒岳の火口。

Vol.11

レスパイト入院を利用し、北海道へ旅立つ

「自宅で介護するようになってもう3ヶ月になりますが、レスパイト入院を知っていますか?」と訪問看護師さんに尋ねられた。

respiteとは小休止・中休み・息抜きを意味する英語である。レスパイト入院とは介護者の休息を目的とし、患者を一時的に病院に入院させる制度。ベニシアは点滴で栄養摂取しているので、一般介護施設でのショートステイは利用できない。医療的サポートといった看護が必要な患者も利用できる制度がレスパイト入院である。

自宅介護のため外に出られない僕は、家の窓から空や山を恨めしいような気持ちで眺めていた。介護疲れがたまっていたと思う。レスパイト入院を利用すれば、その間に僕は外出してやりたいことができそうだ。

僕は登山の雑誌に『日本百名山冬期登頂記』を連載しているが、今は山へ行くことができない。百名山のうちの90山登った時点で、連載は中断していた。残り10山の登山をなんとしてもやり遂げたい。ベニシアにレスパイト入院してもらい、僕はまだ登っていない北海道の山へ向かうことにした。

＊

2月24日の夜、福井県の敦賀港から苫小牧東港までフェリーで21時間かかった。愛車のハイエースが、北海道での僕の足と家になる。

最初は、道東の雌阿寒岳へスノーシューで登った。北海道の雪山はスキー登山が有効だが、ここ2年間ほどスキーはおろか登山も僕はやっていないので体力的に心配だった。阿寒湖南西にある雌阿寒岳は八つの成層火山群である。火口縁にある山頂に立ち、噴煙の上がる火口を見おろすと地球の絶大なるパワーが感じられた。

翌日は阿寒湖の縁にある雄阿寒岳へスキーで登った。スキーは滑り降りるだけの道具ではなく、かかとが上がるクロカンのような留め具と滑り止めを付けると山の斜面を登ることができる。不安であったスキーを使えて、少し自信が湧いてきた。

それから知床半島の付け根に移動して斜里岳を登った。翌日も晴れの予報なので、知床半島最高峰の羅臼岳を目指そうとした。ところが冬季閉鎖の車道を往復2時間と、登山口から山頂まで標高差1600メートルもある。前日の斜里岳の疲れで気力が湧いてこない。途中で山は諦めて、海へ流氷を見に行った。

北海道に来て1週間が過ぎていた。登山の成果を出すことに焦ってはいたが体力がついて行かない。京都の山仲間だった林翼《たすく》君が10年前に北海道へ移住して、自分で建てた家で暮らしていると聞いていた。山は一休みして、彼の家を見に行くことにした。

林君は大雪山北西に位置する当麻町の森に暮らしている。先導する彼の車について行くと、落葉松林を切り開いた丘の中腹の立派な家の裏に、彼の車は向かった。その大きな家の玄関には『Kigi』と『closed』の2枚の看板があった。おそらくここの家主さんは、Kigiという民宿をやっているが、冬は営業しないのだと思った。表の駐車場に僕は車を駐めて、林君の素朴な小屋があると思われる裏手に回り込んでみたが、そこには倉庫しかなかった。雪深い丘の上の森を見上げると、小さなログハウスがある。おそらく、あれが彼の家だろう。

ところが林君は、なぜか民宿の裏口から家主さんの家へ入った。外で待っていると、

「梶山さん！ 何してんの？ 入ってよ」

「え？ ここは誰かの民宿じゃないの」

「これは僕の家ですよ」

「じゃあ、あの看板は何？」

「嫁の紗弥子が天然酵母パンを作っているけど、今は赤ちゃんが生まれたばかりなんで店を一時休業してるんです」

予め僕が想像していた小さな小屋と、目の前の大きくて立派すぎる一軒家とのギャップがあまりに大き過ぎて、頭の中を整理する必要が生じた。

「林君、す、すごいな！」

「日曜日しか休みがないので家造りに6年かかりました。30代は林業の仕事と家造りに追われて、登山はほぼしなかった」

現在、彼は42歳。僕は63歳と20歳以上年が離れているが、これまで年の差を気にしたことがなかった。この家を見て林君一家への僕の尊敬度が一挙に上昇してしまい、彼は年下なのに、ついつい僕は敬語で話しそうになった。

林家には4日間居候させてもらい、北海道最高峰の旭岳へも一緒に登った。彼の手づくりの生活に刺激を受け、帰ったら僕も家に手を加えようと思った。

旅の最後は羊蹄山に登り、京都へ帰るともう春が来ていた。

ベニシアを病院へ迎えに行き、ピンクの梅や水仙とヒメリュウキンカの黄色い花がたくさん咲く暖かい庭を車椅子に乗せて散歩した。

上／春の光を浴びながらベニシアと共に散歩する。
左／大原の庭に咲く花々。モモ、シナレンギョウ、ユキヤナギ、ヒヤシンス。

かじやま・ただし
1959年長崎県生まれ。写真家。山岳、登山、自然風景をテーマに撮影執筆。1996年、妻のベニシアさん、息子の悠仁さんと京都大原の古民家に移住。その暮らしの様子を『チルチンびと』に2010年から7年間連載。2019年、それらをまとめた書籍『ベニシアと正、人生の秋に』（風土社）を上梓、現在好評発売中。

連載

ベニシアと正、明日を見つめて

最終回

今年6月にベニシア・スタンリー・スミスさんが亡くなりました。
京都大原の古民家に夫婦で暮らして27年。夫の梶山 正さんは、晩年、目がどんどん見えなくなっていくベニシアさんを、戸惑いながらも介護し続けました。その最後の日々をここに綴っていただきます。
「ベニシアが去ったことは、僕にとってかなりつらくて力が出ません。
記事用のベニシアの写真を探していると、泣けてきて、なかなか進みません」。
それでも、「前を向いて生きていきたいと思っています」と語る正さんのありのままの文章をお読みください。

文・写真＝梶山 正

旅立ったベニシア

大原でおよそ９ヶ月間の在宅医療生活を送ったベニシアは、6月21日、天国へと旅立った。72歳であった。一年で最も日が長い夏至の朝を選んだのは、太陽のパワーが最も強い日を旅立ちの日に決めたのだろう。

「死とは果てしなく続く海の先へ向かうようなもの。水平線の先は見えないが、その向こうにも海は果てしなく続いている。死もそれと同じ。生と死に境はない。海の向こうにも果てしない海が続くように、命もずっと続くものだと思う」

元気だった頃にベニシアが語っていた言葉である。

２０１８年にベニシアは京大病院でＰＣＡ（後部皮質萎縮症、神経変性疾患に含まれる珍しい病気）と診断された。ＰＣＡが進むとどんどん目が見えなくなり、同時に認知症が進む。大原の自宅で約3年間自宅介護を続けたあと、嫌がる本人を僕は説き伏せて、２０２１年7月にグループ・ホームへ入居させた。自分の身の回りのことができなくなったら、介護施設のお世話になるという流れが普通だと僕は思っていた。罪悪感は残っていたが……。

昨年、２０２２年の夏にベニシアはその介護施設でコロナに感染した。衰弱してその後に肺炎を起こした彼女は、8月24日にバプテスト病院へ緊急入院となった。脳神経内科医師から数日後に呼び出された僕は、脳のスキャン画像を見ながら説明を受けた。２０１９年の画像では後頭葉の細胞が20ミリほど厚みがあったのに、昨年の２０２１年の画像では7ミリしかない。今ではもっと縮んでいると予想される。

「おそらく、あと2〜3ヶ月ぐらいの命と考えられます」

「大原の自宅に連れて帰るように！」と、主治医の湊先生が言っていた理由を僕はようやく理解した。

27年前に京都市内でたくさんの家を見つつ住まいを探していた僕たちは、里山に囲まれた大原の古民家を訪ねた。

「私はこの家で死ぬだろう」

かじやま・ただし
1959年長崎県生まれ。写真家。山岳、登山、自然風景をテーマに撮影執筆。1996年、妻のベニシアさん、息子の悠仁さんと京都大原の古民家に移住。その暮らしを『チルチンびと』に2010年から7年間連載。2019年、それらをまとめた書籍『ベニシアと正、人生の秋に』（風土社）を上梓。

庭でハーブティーを飲みながらゆったりとくつろぐ、在りし日のベニシア。美しい日差しが降り注ぐ。

生と死に境はない。海の向こうにも果てしない海が続くように、命もずっと続くものだと思う。

家に一歩入ったベニシアは直感したそうだ。僕もこの家に、開けた可能性を強く感じた。彼女がそう感じた家へ戻るしかない。

2022年9月末から、訪問診療の渡辺康介医師（＊）、看護や介護、入浴介護のスタッフに支えられた大原での在宅医療生活が始まった。始めのうちは世話する僕たちに、緊張して大声を張り上げて抵抗したベニシアが、慣れるにつれて穏やかに変わっていった。当初、年は越せないだろうと言われていたが、新しい年を迎えることができた。

寝たきりなのに

「何か私もしなくちゃ」

ベニシアは起きて仕事をしようとする。根っからの働き者なのだ。とはいえ認知症はジワジワと進行する。せん妄により「Go away!」「What do I do?」など、実在しない誰かと英語で喋る時期があり、そのうち語彙が極端に減って「ア～」とか「ウ～」と叫ぶ時期が続いた。渡辺先生や湊先生から延命することについてどう考えているか、僕は何度か尋ねられた。欧米では日本のように延命させず、自然な死を受け入れるのが一般的という。死に向かいつつあるベニシアの世話をする僕に、心の準備をするよう促していたのだろう。

栄養と抗生剤の点滴のための血管内留置カテーテル（医療用の細い管）の使用期限は半年ぐらい。それを過ぎると感染リスクが高くなる。今年の5月22日、9ヶ月間使い続けたカテーテル除去のためベニシアは入院した。バプテスト病院の湊先生はカテーテルを使っての中心静脈栄養はもうしないと言う。これまでは1日約800キロカロリーの栄養を摂取していたが、それを止めたらこれからいったいどうやって栄養を取るのか。これ以上延命させずに、死なせるというのだろうか？

左／草原のコスモスを嬉しそうにつむベニシア。　右／夏の午後、息子の悠仁とともに琵琶湖湖西の砂浜を歩く。

1992年11月11日、ベニシアと正は日本で18番目に高い標高3033mの仙丈ヶ岳山頂で結婚式を挙げた。

僕は本やネットで延命することについて調べて、ベニシアの友人のひとりに相談してみた。

「経験豊富な医者がいろいろと考えているのに、ドシロウトのあなたが何を言うの？ 先生に黙って従うべきだ」と言われたが、僕は納得できないでいた。退院を3日後にひかえた病院でのカンファレンス（会議）で僕は、胃ろうはできないのかと尋ねてみた。

「これまで10ヶ月間も胃腸を使っていないのに、胃ろうで栄養を入れても消化できません。リスクが高いです。カテーテルを手術で埋め込む方が、まだリスクは低いです。今すぐに決めなくてもいいでしょう。退院して家に連れて帰り、様子を見て決めたらいいと思います」

会議が終わって病室を案内され、12日ぶりにベニシアの姿を僕は見た。痩せて弱った今、手術するなんてとても考えられないことを理解した。

6月8日、介護タクシーに乗せて、僕はベニシアを自宅へ連れて帰った。訪問看護師に見てもらったあと、シャーベット状に凍らせたゼリーをベニシアに食べさせた。「美味しい！」と嬉しそうにぜんぶ食べた。

昼過ぎに見舞いに来てくれた友人は、ベニシアが好きなストロベリー・アイスクリームを土産にくれた。昼に食べたゼリーでいっぱいなのか、4スプーンほど口にしたところでもう食べられない様子。夕方になって再びゼリーをあげた。えんげ機能が低下しているのか、飲み込みがどうも良くない様子。誤嚥しているのではないかと僕は不安になった。夜中に叫ぶので喉が渇いたのかと再びゼリーをあげようとするが飲み込めない。

凍らせたゼリーをベニシアに食べさせた。「美味しい！」と嬉しそうにぜんぶ食べた。

僕の心の中に彼女は生きている。ハーブや花を愛した彼女を想いながら、僕は今、庭の手入れをしている。

翌朝、酸素飽和度が異常に低く、熱が出ていた。渡辺先生を呼んで診察して貰うと誤嚥性肺炎になったかもしれないという。家に戻ってわずか2日目で、ベニシアは肺炎に苦しむ日々が始まった。彼女が肺炎になったのは、すべて僕のせいである。後悔して僕は自分を責め続けた。

「ベニシアさんは喜んで食べたんでしょう。美味しいものを口にして幸せな気持ちになれたのだから良かったじゃない」。先生や看護師は僕を慰めてくれた。

発熱が続く毎日。日に何度も吸引して痰を除去する。吸引器のパイプでは吸い取れないほど濃く粘りのある痰となっている。息苦しい様子なので、ずっと酸素マスクを付けたままである。夜はベニシアのベッドを最低位置に降ろし、その横に敷いた布団で僕は寝た。12日に長男の主慈が住んでいる英国から戻り、18日には、音信不通だった長女が7年ぶりに顔を見せた。ベニシアは、娘と再会できてホッとした様子を見せた。

前日まで荒い息をしていたベニシアの呼吸が20日になると浅く短くなった。最高血圧は50ほどしかなく、目が白濁してきた。彼女はもう長くないことが感じられた。21日朝、6時10分に悠仁が起きたときは呼吸していたのに、その20分後にハッと目を覚ました僕が気がついたときは、すでに息が止まっていた。穏やかな顔で静かに、ベニシアはこの人生を完結させた。

彼女が旅立って1ヶ月の時が流れた。不思議なことに、生きていた頃よりも僕はベニシアを強く身近に感じている。僕の心の中に彼女は生きている。ハーブや花を愛した彼女を想いながら、僕は今、庭の手入れをしている。介護に追われて5年間ほど庭を触る時間がなかったが、これからは僕がこの庭を守っていこう。庭の植物たちに触れていると、ベニシアと楽しく語り合っているように感じる。それが僕はなによりも嬉しい。

左／冬には薪ストーブを焚き、料理にも活用。　右／窓辺に腰掛けてよく花や庭の絵を描き、楽しんでいた。

＊『京都の訪問診療所　おせっかい日誌』
渡辺西賀茂診療所編　幻冬舎
（渡辺先生の診療所の日々の記録）
『エンド・オブ・ライフ』
佐々涼子著　集英社
（渡辺西賀茂診療所の患者、医師、看護師の姿を描いたノンフィクション）

目が見えにくくなったベニシアを優しくいたわる正。二人の日々は正の写真によって永遠に輝きを放つ。

ベニシアと正3

京都大原・二人の愛と夢の記録

発行日　2024年5月1日　第1刷発行
著者　梶山 正　ベニシア・スタンリー・スミス
発行者　山下武秀
発行所　株式会社 風土社
〒162-0821 東京都新宿区津久戸町4-1 ASKビル3-C
TEL 03-6260-9315　FAX 03-6260-9317
https://www.fudosha.com/

印刷・製本　東京印書館

撮影　梶山 正
ブックデザイン　中澤睦夫
編集　風土社

Printed in Japan
ISBN 978-4-86390-068-4 C0095